西湖十景

雷峰夕照

王旭烽 著

江苏凤凰文艺出版社

雷峰夕照

子虚是在师哥对那个女子的不停追忆中走出刘庄的。师哥拽着他的长头发，死拖硬拉，一定要陪他到庄园对面的那家名叫“香薰护发”的美发屋打理头发。师哥不停地跌足：绝代佳人！绝代佳人！绝代佳人！师哥是在赞叹美发屋里的那位美人。

子虚瞪着迷茫的眼，说：真不可思议，明天就是雷峰塔发掘的日子！真不可思议，我都急疯了，你却跟我谈什么绝代佳人！

师哥是个直肠子，立刻气急败坏地回答：这不能怪我，你天生就不是一个记者的料，从去年报道雷峰塔工程奠基开始，我给你多少机会。你所有的关于雷峰塔的稿子都给头儿毙了，害得我半夜三更替你救场——算了，你报我一恩，让我陪你上美发屋，我们两清。

子虚一边敲打着手提电脑一边说：等我把这篇稿子

写出来。我觉得这一次我有机会了。你看看这个标题怎么样：《倘若白娘子从地宫中跳出——》……你觉得怎么样？明天大家都玩实的了，我偏来虚的，也许我这一篇稿子能让主编对我刮目相看——

师哥毫不犹豫地关了他的电脑，摸着自己的寸头继续数落：——并且你还对我的谆谆教导总是置若罔闻。实话跟你说了，你把所有明天就想见报的稿子都拖到明年再发也不迟，甚至后年再发也不晚——甚至永远不发也没关系。总而言之，你把一家市井小报当作一家纯文学刊物——

子虚记得，当初投奔师哥想在杭州城里混碗饭吃时，媒体刚刚开始炒作这座一九二四年就消亡两千年、又准备重新竖起来的塔。师哥跟他在编辑部里第一次谈话，核心就是塔与男人与女人与美与消亡与重生。师哥和他一样，都是中国古典文学专业的研究生。可师哥就是能出神入化，化腐朽为神奇。师哥以为，地球上一切的塔，实际上都是男人和女人较量的标志。塔，说是僧人们死后的葬处，实际上你完全可以翻译成一个禁欲主义者的长眠之地。但他们死不瞑目啊，他们死后也要证实自己和别的男人一样雄风依旧，不是不能也，实乃不为也。师哥瞪着牛眼说：拿什么证明他们实际上是像股市当中的牛市那样坚挺，而绝非像熊市那样疲软呢？塔也！直矗云天的象征着男人根本的塔也！

然后师哥话锋一转，从抽象进入具象：难道雷峰塔不是这样吗？难道法海不是以男人的一种极其曲折阴险的手段来实现作为一个禁欲主义者对美女白素贞的纵欲吗？难道当他的肉身躲入螃蟹壳时，他的灵魂不是化作男根象征的塔，牢牢地意淫了、占有了良家妇女白娘子了吗？难道不正是因为这种男女之间的永恒的性的战争，才使得雷峰塔不管倒下还是竖起都永远流芳千古永垂不朽吗？

被浇灌得一头雾水的冯子虚认为自己后来是严格遵照师哥这一关于雷峰塔的理念进行操作的，他交上去的稿子，题目分别有《雷峰塔——男人的废墟》《一九二四年九月——妇女翻身解放的日子》《法海重振雄风，小青再作较量》《欲望之塔》；有一篇稿子干脆就借鉴了从杭州跑到中国台湾去的无名氏的早期成名作题目，拟为《塔里的女人——白娘子》，又为了形成对称美，附上副本一篇《塔外的女人——小青》。实践的结果是屡败屡战，他所有的稿子都被头儿打了回来，并当作笑料在报社内外广泛传扬，他不知道问题出在哪里。

实际上，关于雷峰塔的发掘工作从千禧之年就开始了：二〇〇〇年一月五日筹备工作完成；二月十四日开始进行第一次考古发掘；十二月废墟清理完毕；十二月二十六日，子虚隐隐约约想起，这好像是一位伟人的生日，那一天，杭州市政府对雷峰塔工程进行奠基，然后雷峰塔和杭州人民一起进入了新世纪。

他回答师哥：可是主编花那么大的钱把我们安排在这里，我得对得起他。主编说了，刘庄是什么级别！这是毛主席住过的地方，是尼克松住过的地方，是中华人民共和国宪法诞生的地方，也是中美合作公报拟定的地方。主编说了，我要是再写不出一篇能够见报的雷峰塔的报道，他就爱莫能助了。

师哥大笑：冯子虚啊冯子虚，你的所有问题，就在于你在现实生活中的错位。你在雷峰塔问题上过于深刻，而在主编问题上过于肤浅。难道我们的雁过都要拔毛的大主编肯为你这样一个实习记者安排这样的国宾馆套间吗？即便明天是二〇〇一年三月十一日——雷峰塔重新发掘的日子。如果不是因为我……算了，师哥我推心置腹一句话，乖乖回去考博士吧。反正你明天也不可能写出什么新东西来了。你不妨放弃小报记者之梦。且与我宁可花下死，做鬼也风流。子虚被师哥说得倒抽凉气，突然有醍醐灌顶之感：好吧，我听你的话，让雷峰塔见鬼去吧。有关它的一切统统到此为止。这地方本来就让我住得不安。听说从前的主人刘学询和他的九房妻妾的坟都在旁边。既然我不想陪你在这张小报鬼混了，我现在就回家。

师哥一把拉住他：你干什么，你干什么，这长长的不眠之夜你叫我到哪里去度过？让你来就是叫你陪我的，现在倒过来我陪你你还不干。要不是我头发实在太短，我才不把这机会留给你呢。听我的，见识见识，我敢说，你将见到的是一位不可思议的女人。

子虚被师哥说动了，他们进刘庄已经第三天了，天天都在对付雷峰塔，早晚到西山路散步，从来没有见到过什么“香薰护发”，还有那里面的女人。子虚觉得师哥着迷的样子很奇怪。师哥自己也对自己的被子弹击中一般的心情不太理解。他们急急忙忙地朝外走去。在路灯的影影绰绰中师哥喋喋不休，师哥说：你知道我为什么非得让你陪着，实话跟你说，那是替我壮胆。其实我和你一样，这三天来也从来没见到过这家发屋。它就在宾馆对面的小树林后面，你不知道它有多小，刚刚够一个美人坐在里面，替一个客人打理。可是我刚才确实看到了，那美人坐在窗前，里面亮着橘黄色的灯光，窗外

树影婆娑，一会儿浓暮起来，周围变得不真实。我记得美人朝我一笑，但我记不得她的样子了……

子虚越来越有兴趣：你总应该有一个比方吧，比如她像谁。

师哥疑惑地回答：我不知道她像谁，让我想一想，总之她和某一种遥远的东西有关。当然你可以说她像潘虹那样的最后的贵族，也可以说像李玟那样的狐媚般的风尘。她的笑容是很迷离的，像做梦，总之是不真实的，不确定的。等等，你知道一刹那我回到什么境界中去了？说出来你不要毛骨悚然，我想起了在校读研时刘操南先生给我们吟诵的李贺的关于苏小小的诗，你还记得吗……草如茵，松如盖，风为裳，水为佩，油壁车，久相待，冷翠烛，劳光彩……

师哥看了一眼子虚，这时候他的眼神相当文学，几乎看不到一丝媒体的影子。子虚站住了，接着他的李贺……西陵下，风吹雨。

师哥也站住了，想了想，肯定说：是的，我刚才想到了，就是这个……西陵下，风吹雨……子虚勉强笑笑，他心里已经开始打鼓了，看上去师哥身上好像附着了一些什么，否则他不会那样做作抒情，说出这种在学校读研时就已经不好意思抒情的内容。不过他不想让师哥看出他心里是怎么想的，便顺着他的口气说：听上去有些触目惊心，我们该不是去“与鬼相约”——西陵就在前面西泠桥，你见着的，很可能是苏小小的芳魂吧。

师哥突然大笑起来：真希望我是一个有神论者，然而不是。我只是说那个理发屋的女人给我的感觉罢了。为了粉碎这种可笑幻觉，我们也必须走近她，然后带着理想终于破灭后的踏实回去睡觉，安心地迎接明天关于雷峰塔的废墟文化……

子虚心灰意冷地往回转，说：我现在就已经有那种理想终于破灭后的踏实感了，你让我回去收拾东西，我还是想回家。我不是周恩来也不是基辛格，看来也难在这个刘庄辅助你成功什么。我也不想见什么美人，潘虹易老，李玟难封——

但他被师哥拦住了：老弟，你就放下中文系才子的那些胡思乱想，先把自己的脑袋修修整齐。不管怎么说，你是以明天报道电视台实况转播发掘雷峰塔实况来这个地方的，你还是得跟着我。再说你以后总还得在江湖上混饭吃，你得明白，所有的老板都不喜欢使用嬉皮士，不管公家老板还是私人老板……

子虚看看师哥的寸头，想到这高他两届的师哥从前的头发比他还长，想到高他十届的报社总编从前的头发

比他师哥从前的头发还长。他又想：明天应该是轰轰烈烈的吧，一座塔和一个人一样，死时如果惊天动地，复生也应该不会屏气噤声。他说：算了，我成全你，是鬼是人是塔，我奉陪到底。

在子虚决定成全师哥的当口，气喘吁吁的师姐从大门方向跑了过来，一边叫他们一边说：真讨厌，门口站岗的还向我要身份证，费我半天口舌。子虚回头看看师哥，他看到师哥脸上展现出一副是可忍孰不可忍的神情。

师哥师姐在学校读研时就同居了，直到现在还没有领证，但他们自己也以为是老夫老妻了。就趣味而言他们是很南辕北辙的，比如师姐很顶真，还钻牛角尖，最讨厌李玟，甚至城门失火，殃及池鱼，连带着雪碧也一并讨厌了。师哥却是很潇洒的，暗暗喜欢李玟那样的鹅黄柳绿的时尚女人，而且当了两年记者，越发拿生活中的一切不认真了。子虚现在可以想象师哥心里有多失望。师哥轻松不了了，看不成美人了，因为师姐决不让师哥有如此不纯洁的举动。

师哥果然控制不住自己地问师姐：你来干什么？这几天我们通宵工作发稿，我照顾不了你。师姐注意不到师哥的情绪，她拍着书包说：我刚看了罗以民的《刘庄百年》，刘学询这个人实在太有意思了，没想到孙中山还想让他当总统呢。他有八个小老婆一个正夫人，我的妈，刘学询准备把这一大家子都葬在刘庄。你知道这地方我平时进不来，可我太想来了，明天你们上雷峰塔，我在这里找刘学询的遗迹。还有他的老对头康有为，他们一个住在丁家山上一个住在丁家山下，罗以民引用了毛主席的两句经典词：山下旌旗在望，山头鼓角相闻。总之要了解的事情很多，你们看，我把资料也带来了。我做博士论文刚好用得着……你们怎么啦，这么晚了还出去，这里可已经算是城市边缘了。

师哥师姐在许多问题上各行其道，但有一点共同，都非常饶舌。他们在一起的主要任务就是不停地说，不停地说，不停地吵架与和解构成了他们的恋爱史。子虚可以想象如果师哥上美发屋去师姐会怎么样地寂寞。但师哥显然还贼心不死，他让师姐回宾馆，他说他们就到对面的“香薰护发”理发屋去清理一下，马上回来。师姐一听这话脸就沉下来了，她不批评师哥，批评子虚，她说：媒体真不能待，把人都教坏了，子虚这么古典一个人，怎么也睁着眼说瞎话。对面哪有什么美发屋。对面是茶园，是小树林，再过去是浙江宾馆，再过去是农家乐，龙井。什么“香薰护发”！

师哥真是有点急了，说：走几步路就看得到了，再

说我还不是为了子虚，他要去，硬拽上我的。

师姐也急了，说：难道我会故意陷害你？我的眼睛是白长的？想荒唐也找个好借口，硬说刘庄对面有美发屋，就是活见鬼了。

子虚听到这里就想回去了，师哥不想结婚，师姐已经开始发急了，他可不想搅在他们的是非里面。他连忙说他也不是一定要理什么发，不过出来散散步罢了，有没有什么“香薰护发”也无所谓，反正明天的电视直播，也不会有多少镜头对准他们这些小报记者。唱主角的应该是那些出土文物——如果果然还有出土文物的话。

师哥也不说什么了，拎着子虚脖子推向大门口，说：你给我去，不在“香薰护发”打理好你的头别回来见我！

说完，一把拽着师姐，绑架一样地回宾馆去了。

子虚呆站了片刻，天黑了，临水的宅园幽暗寂静，湖面滑过了夜莺，子虚听到它的翅膀的声音。他慢慢往前走，穿过这从前的没落贵族的私家别墅，水竹纷纷，从意象的小径扑面而来。

在大门口他停住了，他能够看到对面马路边一片漆黑，什么也没有。哨兵盯着他看，子虚想：到底是国宾馆，杭州宾馆有如此礼遇的，除了汪庄，也就是刘庄了。

有一瞬间他想师哥是得妄想症了，什么西陵下风吹雨……继而他眼睛一亮，果然于对面绰约的小树林中看到了师哥刚才提到的用淡黄色的霓虹灯镶成的“香薰护发”——然后，他看到了大玻璃窗内坐着的绰约的美人。

他撸着自己确实需要打理的头发，想，真奇怪，怎么来了几天，就一直没有发现这个地方呢？

这里所有的一切都是独一无二的，一间屋，一把椅子，一面镜子，一面窗，一扇门，一盏灯，一个美发师，一个客人。子虚不敢目视女主人，但他敢从大镜子里看。他看见她从后面走过来，问：香薰护发吗？

真奇怪，子虚看着镜子里的美人想，果然给人一种不确定的感觉。她就站在我身后，但仿佛有一段遥远的距离。不过子虚并不恐惧，他有一种恍恍惚惚的满足，他放松四肢地坐在发椅上，问：什么是香薰护发？

美人就递给他一张漂亮时尚的说明卡，她身上散发着一种草花之香。她走过来的时候，身上发出了风铃一般的声音……云之君兮纷纷而来下……子虚迷迷糊糊地想起了唐人的诗，就看起说明书：

……一句洋溢爱慕倾情之意的宣言，充分流露着人类对至善至美、感情和谐的渴求，香薰表达温馨，丰

富情感，香薰象征女性纯洁温柔的心……我要色彩，我要奔放热情，我要点染明媚潇洒怡人的秀发魅力……香薰植物草本精油蒸汽洗发疗发系统……源于日本……专业、精心演绎，全新护发组合……

先生您笑什么？美人贴近他身边，近乎于狐媚。子虚看着镜中的她，想，果然是又风尘又贵族的，又像李玟又像潘虹的。不过因为香薰护发，一切都真实得不容置疑了。他说：小姐，我只是想洗一洗头，吹干就可以了，您的这套程序不适应男士吧。美人十指纤纤，在他双肩轻轻一点：别叫我小姐，现在小姐已经被叫出歧义来了。我姓吴，叫吴悠，认识我的人都叫我悠悠，《纤夫的爱》里面的“纤绳上荡悠悠”的悠……

子虚想，连《纤夫的爱》都知道的吴悠，竟然被师哥想成了芳魂常在花下出没的……真是可笑之极。他能够感觉到悠悠两手十指真实地富有弹性地压在他头皮上的富有节奏的动作，又微妙又率直，他看到她在镜子里撩起他的头发，像半把折扇一般地徐徐打开。他听到她在他耳边呵气如兰，说：您多像从前的书生啊，您的头发真像从前的书生，像刘庄从前走出来的少爷。您应该享受女性的待遇，我要给您做香薰护发……

子虚感觉到发椅缓缓地放下来了，他的上身往后仰去。美人的话像催眠语一样，让子虚恍兮惚兮，然后他突然跳了起来，问：你说什么，什么从前走出来的少爷，你提到刘庄了？你认识刘庄从前的少爷？

悠悠抚摸着子虚的长发，像是要平息他的惊愕紧张的情绪。她看上去介乎于四十岁和二十岁之间，她像是母亲，又像是少女。她说：住在这一带的人，年纪大一点的，谁不知道刘家少爷啊，一九五零年参军，抗美援朝，再没有回来过。还有那个姓范的八姨太，常常在西湖上往来，后来搬走了……住在这里的老人，谁不知道这些老事啊……

您看上去可不像是个老人……吴……悠悠女士……

美人轻轻笑了：谢谢您的夸奖。您不是要工作吗？明天不是要发掘雷峰塔了吗？瞧，我这里有一些关于雷峰塔的报道。您看吧，香薰护发不影响您看报。

子虚迷迷瞪瞪地接过报纸，忍不住还是问了一句：您怎么知道那么多啊，您甚至连我住在刘庄都知道……

先生您不是已经在刘庄住了三天了吗？与您在一起的那位先生不是杭州城里报道雷峰塔最多的一位吗？两个小时前，他不是在我眼前走过吗？他告诉您我朝他微笑的事情吗？我想你们中间一定会有人来……

是的，子虚急忙解释，他本来就是要跟我一起来的，不过后来他有点事情……美人轻轻地“嘘”了一声，意味深长地说：我想还是你一个人来更好……

子虚盯着镜子里的他自己的影子，愣住了，他是个老实人，还从来没有见识过敢这样和他说话的女人。她是和大学里那些大一大二的女生完全不一样的，但是和大三大四的女生也不一样。他不知道她像谁，他生活的当下时代里好像没有这种女人。接着他看到悠悠向他抛了一个媚眼，他目瞪口呆。然后他看到她微微牵动眉心，子虚想起了张岱在《陶庵梦忆》里形容的朱楚生：其狐意在眉，其深情在睫，其解意在烟视媚行……她说：看你的报纸吧，就当你现在是一个人……

子虚垂下目光，没有在意，杭州城里所有关于雷峰塔的报道他都看过了，他觉得不过尔尔。不过这一张剪报倒是有一点意思的，首先就在于他以往没有看到过这篇名叫《雷峰塔旧闻新说》的稿子，其次，从剪报上看，也无法知道这篇报道发在哪家报纸上，记者是谁。但开门见山第一段就让他非常疑惑，小标题为“雷峰塔是个谜”，第二段说：随着雷峰塔地宫的开启，有关塔的一切旧闻再次牵动人们的视线。子虚读到这里微微一怔，他记得要打开地宫，起码得是明天的事情。这里怎么说地宫已经打开了呢？

再往下看，疑问越多。按理，这第二段就是解惑的，所以小标题才叫“华严经刻石——解疑高手”，但文中提到的几个疑案本身就让子虚疑问重重。比如疑案之一：建塔，是奉藏佛螺髻发舍利，还是庆贺王妃生子？这一疑案尚可解答。子虚知道，去冬今春的考古发掘，那八面镶在塔身里的《华严经》残石越聚越多，以至于有专家评论说此石已经成了雷峰塔早期历史之核心文献史料，残石中还有钱俶所作《雷峰塔（华严经）刻石跋》，其中讲到奉藏舍利之事。但疑案之二“地宫出土大批铜钱有何说法”就让子虚大吃一惊，当他看到疑案之三“地宫出土的金涂塔代表了吴越国最高工艺水平有何根据时”，他心惊肉跳，站了起来，手里拿着报纸，就抖了起来。报纸一飘到了地上，悠悠就弯腰捡了起来，笑着说：怎么啦，一张报纸就把你吓成这样？

可是……可是……子虚想问这是谁写的，但没说出来，倒是悠悠说：就不能提前说一些东西吗？你怎么知道明天发掘会怎么样呢？谁都可以假设，不是吗？

她轻轻地把子虚又按回了座椅，她的双手香喷喷地仔细地梳理着子虚的头发。她的手指是真实的，有血有肉的，散发着热气的。子虚心里踏实了下来，说：可是

这假设也太像真的了。说完这话，子虚就感觉到一根玉指在他后脑勺上轻轻一点，嗔道：胆小鬼，不给你看这个了。来，喝茶压惊。

悠悠的敬茶也与众不同，她捧上的不是那种一次性茶杯，而是一把印有图案的白瓷壶。悠悠笑着说：我这可是正宗的龙井茶哦！

茶壶热乎乎的，这让子虚也惊奇。他没看到悠悠倒茶，但茶香扑鼻，那是真实的。子虚喝了一口，突然就呛住了，指着白茶壶上的图案，满嘴的茶水，说不出一句话来。悠悠就拍打着子虚的背说：你这是干什么呢，一个研究生了，什么没见过的东西，还那么一惊一乍？

子虚继续指着茶壶，结结巴巴地说：雷峰塔……雷峰塔……

原来这是一把烧有西湖旧景雷峰夕照的水墨山水画。壶的背面是“雷峰夕照”的字样，还有一排题款：乙酉夏月某某某兄清玩某某某某某敬赠。子虚想仔细看清楚人名，不行。他对天干地支是学过就忘了的，不知乙酉是何年，顺手抓过理发台上的一支眉笔，想笔算，被吴悠悠挡住了，说：费什么劲啊，不是一八八五年就是一九四五年。

子虚近乎于恐惧地看着她：……你怎么知道……

悠悠淡淡一笑：算出来的呗，这有什么稀奇。当初雷峰塔倒时，聚集在夕照山的老百姓成千上万，竞相捡拾雷峰塔遗物。后来孙传芳的官兵再来抢搜，翻天倒地一番，不知收去多少东西。事不过百年，民间还不知有多少宝贝呢。

子虚说：我敢说你这里就有。正是踏破铁鞋无觅处，得来全不费功夫，我要写雷峰塔的报道，正发愁整天炒冷饭，看样子你这个“香薰护发”里是有独家新闻了。

他也没有心思护发了，站起来想干正经事，又被悠悠按了下去，说：你性急什么，护发嘛就护发，捎带着说说陈年旧事，也就是说说罢了，你当真了。

子虚说：悠悠你知道什么，我可是靠挖陈年旧事吃饭的。现在博士毕业都不好找工作，别说我们这些硕士。想到报社混口饭吃，这饭也不好混。前天还去参加了一个什么“飘一代酒会”，我倒是在飘，也就是个流浪汉吧，打肿脸充什么胖子啊！

子虚的话说得悠悠笑了起来，两只手一边轻轻在他头上动弹着，一边说：你想拿老底子的事情卖钱，这也不是什么难事。知道衢州博物馆里的那块雷峰塔佛像砖吗？

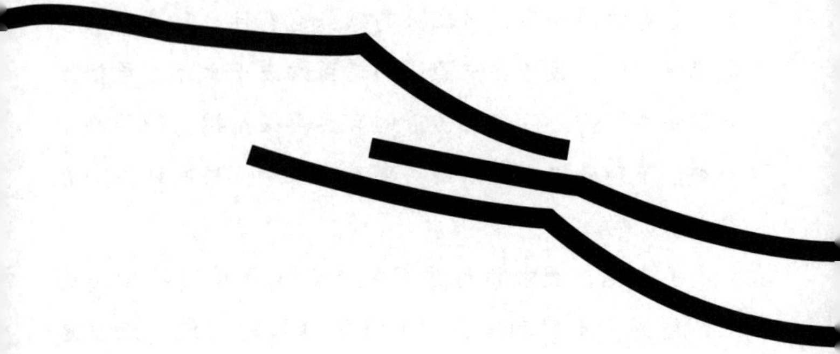

子虚老老实实地回答说：不知道。

悠悠说：明天发掘雷峰塔，你仔细看着，要是发现有雷峰塔佛像砖，你就发了。

子虚发愁地说，他又没看见过什么佛像砖，怎么知道衢州博物馆里那块是什么样子的呢。悠悠不假思索地说：这块佛像砖，已经被鉴定为国家二级文物，呈青色，长36厘米，宽18厘米，厚6厘米，上面有泥条堆塑粘制的题文和一尊成双腿盘坐、人静养性之态的佛像。题文这样写道：天下兵马大元帅、吴越国王钱俶造此佛十八尊，舍人西关砖塔充供养。你只要发现这一砖，后面的故事就多了。

子虚顶着一头香薰护发油，严肃地站了起来，看着悠悠，说：现在哪怕你是一个鬼我也不憷你了。你现在就给我说清楚，你到底是谁，你怎么知道雷峰塔的那么多事？

悠悠也严肃起来了：难道只有你们当硕士博士的人才有资格知道往事，才可以拿钱买往事，我们洗发妹就不可以知道这么多了？我们洗发妹知道一些什么，就可能是妖魔鬼怪了？

子虚便有些心里发虚道：谁把你当作洗发妹了？有你这样的洗发妹吗？我看你考个硕士也绰绰有余了。你要真是洗发妹，也应该是个陈白露式的洗发妹了。

子虚平时是不太会说话的，也不知道是不是见了美人，发乎于情止乎于礼，竟然弹出那样一番贾宝玉式的情调来，自己听了也不相信是从自己口中说出来的。但悠悠果然就高兴了起来，重新把子虚按到椅子上，一边按摩他的太阳穴一边说：你是说曹禺先生的《日出》里的陈白露吗？这倒是挨着我的一点边了。

子虚心里别地一跳，想：果然是个身世暧昧之人。就听悠悠又说：看你满肚子鬼胎，这头也洗不安生，不就是想知道我那些关于雷峰塔的知识是从哪里来的吗？好，免你疑神疑鬼，我这就讲给你听。

我说的是雷峰塔，不过先要从眼前的刘庄讲起。您不是住在刘庄吗？现在对外都叫“西湖国宾馆”，那是对外人叫叫的，我们杭州人都叫刘庄。为什么叫刘庄呢？我考考您。

子虚说：杭州人从明朝开始，把在西湖边建的私宅园林叫作庄，前面冠以姓名。这个刘庄，就是因为广东香山县的刘学询从北京赶考来此，见西湖美好，便在这里造的园林。这样小儿科的问题也来难我。再说这和雷峰塔又有什么关系呢？

你这就是只知其一不知其二。天下好山水，也不

见得就只有西湖一处，凭什么刘学询非得下那么大的狠心，把家从岭南迁来？这当中自然也是有原因的。我告诉你，刘学询建刘庄，那是让宋庄急的。宋庄就是今天的郭庄，郭庄你知道吧，就在前面卧龙桥边，当年辛亥义士王金发被朱瑞在小车桥监狱枪毙，就是葬在桥边不远处的。好，我不说被枪毙的人了，我说说差一点就当总统的人。一八七九年刘学询二十四岁就考中举人了。第二年进京会试回家时路过杭州，见到西湖，的确就如各种有关他的书上记载的那样，大叫一声：哇！故乡无此好湖山。然后，他就带着他的仆人往杨公堤上走。杨公堤你就不用我再介绍了吧，就是我们眼前的这条西山路。走到当时的杭人宋端甫的别墅时，见那宋庄楼阁秀丽，气概非凡，就递上名片求见。谁知道那宋家主人没把他当回事，谢绝了。新科举人刘学询感到奇耻大辱，暗暗发下大志：要在西湖边置一座最好的庄园，压倒宋庄，称雄湖上。

子虚听到这里也没听出这姓刘的和雷峰塔有什么关系，倒是听他与总统有关，不免好奇。他们做学问的也是隔行如隔山，他对这个刘学询所知甚少，更不知此人和总统还有什么关系，想问，又不好意思，倒是悠悠滔滔不绝把此疑团解开。

你们别小看刘学询，刘学询十二岁就在家里悬一条幅：不扫一室。他成年后就迷两样东西：宝刀和美人。他和孙中山又都是老乡，他走上反清之路，也是顺理成章之事。这当中还有许多故事我就不说了，反正他除了反满清，更恨康有为，还和李鸿章有牵连。刘学询这个人，四十五岁之前是很有抱负的。孙中山曾经写给他一封信，还说：……主政一人，或称总纪或称帝王，弟决奉足下当之……你想一想，弟不就是孙中山吗，足下不就是刘学询吗？这不是明摆着让刘学询当总统吗……喂，我正说着呢，你睡着了吗？悠悠突然停止了按摩，问。

子虚吓了一跳连忙说：没有没有，好听着呢。不过到现在雷峰塔还没有出来。

你听着，马上就来了。不过还得从刘庄说起。一九〇〇年刘学询激流勇退，从此完全淡出江湖，与风花雪月和经济打交道去了。刘庄是一八九八年开始建的，每亩二百元银圆，算是高价了。到一九九〇年，他把全部财力精力都投入其中，当时还取了个名称“水竹居”。这别墅造了五年，最初的建筑面积是一千三百六十九平方米。

听到这里子虚忍不住又说：你别怪我疑神疑鬼，你

知道的事情那么多那么详细，你都该到社科院做学问去了，怎么还在这里洗头呢？

悠悠长叹一声：命也，运也，不堪回首也。知道刘庄里那二大八小的刘氏故圹吗？

子虚微微一愣，突然想到师姐刚才兴冲冲地跑来要看刘家老坟之事，心里一紧，就觉得窗外林下之风呜呜咽咽地响了起来。他下意识地就探头往外看去，外面一片黑暗中，有两三点星火。他突然有一种不在阳间的恐惧，顿时就屏住了呼吸，全身的骨缝就收紧了起来。

感觉到手指还在头上弹动，让子虚头皮发麻，又听悠悠远远近近的声音飘过来：故圹就在迎宾馆旁边。水竹居的迎宾馆啊，你是没有见过的。面湖而立，坐西向东，高大巍峨，画角飞檐，大厅内左右各有一面巨镜相对而立，红木为托。客人入内，左右环视，两镜相交。厅内钟鼎字画，几壁皆是。中堂高悬陈谲书之对联：故乡亦有西湖，一半勾留，行窝且傍蕉屏石；旧宅尚留南海，三千里路，别梦应寻荔枝湾。迎宾馆的左边就是刘氏家祠。

子虚听得头皮发麻，悠悠却轻轻一声叹，说：你别害怕，你要是害怕，我就不往下说了。你现在走也来得及，我也不要你的钱了。香薰护发，不做完是不能要钱的。

子虚死要面子活受罪地钉在椅子上，说：我怕什么，大不了是蒲松龄笔下的书生遇到狐仙花魂，我师哥刚才还跟我说了，宁在花下死，做鬼也风流……

这一说悠悠又笑了起来，声音如玉佩叮叮，十分人间，小小的发屋在笑声中复又回暖了。她说：人家正伤心着呢，你这人倒是幽默。看样子你还真不是一个胆小鬼。行，你不怕我就说了。这个故圹，那两个大的，是准备用来葬刘学询和他的正房夫人的。那八个小的，葬的是他的如夫人……明白什么是如夫人吗？

子虚心想，不就是公开地包了八个二奶吗？嘴一张，却成了这样：知道，也就是姨太太的意思。

你倒还是给我留点面子，悠悠说，说到底，也不就是小老婆嘛。

子虚心里一亮，突然说：你是不是想告诉我，雷峰塔的倒塌，和刘家的小老婆有关。

你要那么说，也不是不可以。不过你那么说又容易造成歧义，人家还以为刘家的小老婆是白娘子复生呢。哪里有那么浪漫啊。长话短说吧，民国十三年，也就是一九二四年的九月二十五日下午近两点钟的时候，孙传芳的军阀部队正往杭州城里开拔。研究《红楼梦》的大

学者俞平伯先生当时年轻，正在俞楼休息，夫人许宝驯此时凭栏眺望。而就在这时候，刘学询的第八房小妾从虎跑一带迎娶过来，坐于花轿间，还未到西山，突然，雷峰塔顶上冒出了一股数尺高的尘柱，栖居塔上的群鸟纷纷惊飞四散。一会儿，塔顶部分似乎被掰成两半；几秒钟之后，塔顶部分即向塔中心部分陷塌，轰然一响，形同老衲的雷峰塔就像坐瘫一样陷塌了。一时间就如电影里的慢镜头一样，只看到夕照山黄土飞扬，漫山遍野升起一股像云一般的灰烟。一时鸦雀满天，尘埃蔽日。等尘埃落定，雷峰塔已荡然无存。

当那位坐在花轿中的姓范的姑娘感觉到自己被人搁在路上时，她伸出玉手撩开轿帘，看到的正是雷峰塔倒塌的情景。然后，她发现抬她的轿夫们不见了。她的花轿旁，杭州人一阵风似的往夕照山上跑。她拉住一个打听为什么，那人匆匆告诉她说倒塌的雷峰塔砖是通了佛性的，能包治百病，逢凶化吉，保佑一生幸福好运。新娘子一听便果断地下了花轿。她并不是那种小家碧玉式的人物，她和刘学询就是在社交场上认识的。如果她生活在上海，也未必就不是一个陈白露。她之所以嫁到刘家做老八，完全是因为父亲破产，把她当了礼物送给刘家，刘家则免了全家的灭顶之灾。范姑娘是受过中等教育的，原来也寻死觅活地不肯，后来父亲说你不用死了，还是我去死吧，就去跳了直骨牌弄口家门前的那口井，被家人救了上来，范姑娘再也不闹了。她想这就是命吧，想开了，住在水竹居里也是一种活法，这才顺顺当当地嫁了过去。

我这么一说，你该知道了，所以此时的范新娘，并没有那种被人扔在半道上的惶恐。相反，她拉下她的红盖头捏在手上，就跟着大群人马上了山。

你该知道杭州人的有名的杭儿风：杭儿风，一蓬葱，花簇簇，里头空。此时杭州城已经万人空巷，都往南山一带跑了。就在新娘子也加入了捡雷峰塔砖的队伍时，孙传芳的一队兵士也赶到了。他们一边赶着百姓下山，一边自已也捡了起来。你不知道，杭州历来就是东南佛国，有佛在前头，什么孙传芳也不怕了。老百姓们前仆后继地往废墟上冲，抓到什么是什么。士兵们往下推他们，他们爬起来又往上冲，爬起来又往上冲。有的人已经捡到宝贝，还不满足，还想多捡一些。新娘子挤在人群中，一会儿新娘衣也挤脏了，人也被挤得花鬟松散，脂乱眉错。有一会儿她被挤在人群里出不来进不去，突然被人压倒在地。眼见得人群往她身上就踩了过来，正在万分恐慌半死不活之际，突被一只手拉住她拖

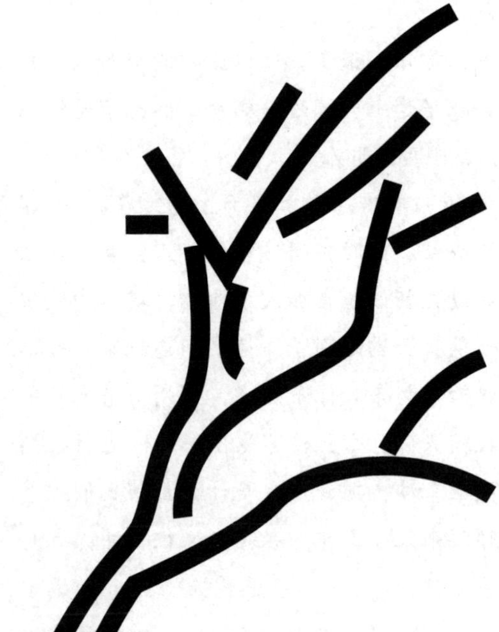

了出来背下山去。新娘子惊魂甫定，泪眼婆娑，就听那人一声吼：你找死啊你！新娘子抬头一看，耳边一声巨响，雷峰塔又塌了一次。她想：完了，前世的冤家。你早不出现，晚不出现，这种要命的时候，你出现了。

子虚听到这里，忍不住插了一句话：我想，该不是一位孙传芳部队的青年军官吧？

悠悠倒是有些奇怪地问：你怎么知道？

子虚：听上去就是像一个传奇故事嘛！

悠悠有些不高兴了：你是说我讲的事情全是瞎编的了？

不是不是，绝无此意。生活永远大于我们对生活的认识，这是我从一位女作家那里听来的话。当时觉得有点做作，现在听了一点也不奇怪了。您往下说，我相信您的每一句话。

好吧，我就不说把新娘子救出来的是什么人了，反正你已经猜到了，他当时的公开身份是孙传芳军队的一名青年军官。总之，是他把半昏半醒的迷离的新娘子背下了山。新娘子睁开眼睛，就发生了刚才我说的那件事情。她眼泪就流了下来，那青年军官是不是知道她为什么流眼泪呢？没法猜。我们只知道那军官说：哭什么，不就是几块破石头吗，你要我这里现成就有一块，拿去。

子虚再一次多嘴：这就是那一块你提起的雷峰塔佛像砖了。

悠悠的手不在子虚的脑袋上动弹了。他回头一看，她已经坐在柜台后面生闷气去了。他问：你怎么啦？我说错了吗？不是雷峰塔佛像砖吗？

悠悠把手往门外指指，说：你走吧，我没兴趣听你谈天了。

子虚发现她真的生气了，他觉得很奇怪，很好笑，他也觉得她很可爱，现在他一点也不怕她了。哪怕她就是一个货真价实的女鬼，他也不怕了。相反，他觉得这一切都很有趣。他很感谢师哥给他提供了这样一个美好的机会。他说：别生气，我是瞎猜的，逗你玩呢。

悠悠绷着脸坐了一会儿，突然就松开了，噗哧一声笑了出来，说：讨厌！过来，洗头！

子虚就乖乖地走到水龙头前，水是温的，他低下头去，水就漫过了他的前额和眼睛，他舒服极了，真是温柔乡啊，他想。然后他听到她问：还想听吗？

子虚连忙说：想听，想听，你讲什么都好听。

那我就接着往下讲了。新娘子用那块红头巾包了佛像砖，那青年军官让四个士兵抬着花轿，他骑着马跟在

后面，一路护送，进了刘庄。那年，刘学询已经快七十岁了。范姑娘才二十。青年军官没有送她进洞房，转身向外走的时候，范姑娘叫了他一声哥哥。那军官就站住了，新娘子就说：哥哥，你给我的陪嫁的佛像砖，我一辈子都会藏在身边。哥哥！

……讲到这里，她停住了，子虚觉得奇怪，侧过脸看，悠悠正掩面而泣。子虚抬起水淋淋的头，在金黄的灯光下呆呆地看着她。他想：这是怎么回事啊，难道我是在做梦吗？这不是《三言二拍》中发生的事情吗？

可是她又不哭了，一边利索地擦着子虚的头一边说：香薰护发的好处是比焗油省钱，又能达到同样的效果，还多了份香气。我给您吹一吹干吧，否则会感冒的。

子虚就觉得他的头热起来了，他靠在椅子上，舒服得几乎要昏昏睡去，好半天才想出一句他想说的话，然后用懒洋洋的声腔说了出来：……明天，我跟你在哪里见面……

这句话音刚落，他就觉得他的整个脑袋被人抱住了，他听到一个惊喜的声音：……真的……然后他又听到她说：明天晚上在中山公园的武亭好吗？

子虚还有一份最后的清醒，问：什么……什么是……武亭？

陶醉的子虚啊，找不到北的子虚啊，他不知道自己是怎么样回到刘庄的。好像一阵仙气吹拂，迷迷蒙蒙间，他摸到了一扇门，他踉踉跄跄地走进来。床上突然竖起一个人的半身，师姐紧张地说：我们以为你回家了……

子虚得意忘形地一屁股坐到沙发上，说：没关系，看到过你穿游泳衣的形象，当时君子既不好色也不淫。

师姐就拍拍赖在床上不起的师哥：喂喂，你看看你师弟被你害的，找不到洗发妹，只好借酒浇愁去了……

师哥还是不起来，躺在被窝里说：半夜三更你还回来干什么，真的是被花下鬼迷住了？

子虚长叹一声：……迷人啊，真是迷人啊……迷人啊……师哥像被人火烧屁股一样，立刻就跳起来，眯着眼睛，打亮电灯就问：谁，谁迷人？说的跟真的一样，你又碰上何方芳魂了？

子虚继续回味着，一字一句地赞曰：香……薰……护发……啊……

师姐就碰碰师哥，说：真不得了，说的跟真的一样。还真给他编出香薰护发来了，真是有其兄必有其弟。

师哥又躺下了，说：算了，子虚，你就别写小说了，你师姐押着我都去侦察过地形了。你就向崔永元学

习，实话实说吧。

子虚伸长了腿：你这是何苦呢，难道我就不能做一个能够温柔地按着你的头部的香薰护发吗？

师姐同情地看着他：行了，子虚，睡觉去吧，你看你把房间门都开错了。你喝得不少吧，一个人喝酒容易醉。话音未落，只见子虚突然直冲过来，拔着自己的头发对他们吼：搞搞明白，我的头发是香薰过的。你们闻闻，你们闻闻……

师哥又跳了起来，盯着子虚说：你这是怎么啦，我都投降承认自己是大白天做梦产生的幻觉，你还替我撑个什么呀。承认了什么艳遇都没有，不丢脸。明天雷峰塔的事情完了，让你师姐替你找个好的……

子虚茫然地看着师哥：你说什么，连你也不承认有她了……

师姐一边摸摸子虚的脑袋一边怜悯地说：你看你师哥这条色狼把你坑害的。找不到那个什么“香薰护发”你就回来嘛，何苦大老远又跑到城里去做个假再来骗我？实话跟你说吧，我们都出去仔细找过了，漆黑一片树林，什么都没有，要不是对面有刘庄，整个一个荒郊野外了。

……什……么……子虚的眼光迷离起来了，他捧住了自己的头发：可是，我的头发，它是香的……她的手指印还在我的头上……

师姐抱住师哥的肩膀：我害怕……子虚着魔了……

师哥连忙起床扶着子虚回自己的房间：你给我冷静一些，什么也别想，什么也别说……他就把子虚架到了他自己的房间，一进门就把所有的灯打开，把子虚按在沙发上就说：实话坦白，是不是真的看见那美人了？

子虚点点头，摸摸自己的头，满意地眷恋地回味：瞧，在这儿呢……

师哥愣住了，坐在沙发里深思起来：实在不敢想象……

她叫吴悠，她让我叫她悠悠……子虚盯着天花板，幸福地回忆着，炫耀着。师哥愣了一会儿终于开了口：可是我确实和你师姐到过现场了，我们的确什么也没有发现。既没有香薰护发，也没有美人，更没有你。

子虚冷冷地说：这就是说，你不相信你亲眼看见的事情。如果不是你告诉我有一个“香薰护发”，我会有今天这样一个夜晚吗？

但你很可能是得了夜游症。

那你呢，你也得夜游症了吗？

师哥想了想：除非我们两人同时得夜游症。不过说实话，这种概率是太小了。那么说，你今天确实和美

人在一起了。而且你已经知道她叫吴悠。子虚见到了吴悠，也就是子虚乌有。师哥缓缓地移过脑袋，说：你知道你见到的是什么吗？

子虚吐了一口长气：不知道……不过她肯定和刘家故圹里那些小老婆们有关。你想知道刘学询的第八个小老婆是怎么样娶进刘庄的吗？就是那一天雷峰塔倒了。你有兴趣听吗？太传奇了，传奇得不像是真正发生过的事情，传奇得像是一个写出来的故事了……不过你得相信我不是蒲松龄，悠悠也不是狐狸精。明天晚上，我们要在孤山的武亭约会。就在明天晚上，不见不散，哪怕等到天亮……

为什么是武亭呢？师哥问。子虚笑了，说：我也这么问悠悠，为什么是武亭呢？悠悠说我很快就会知道的，她还让我回去查一查去年的《杭州日报·下午版》呢。

师哥说：听上去真是有点鬼气森森。

子虚打了个哈欠：然而的确是美极了……

他终于闭上了眼睛。

无论子虚怎么样地被美人迷住，第二天他还是被雷峰塔套住了。谁都没想到，包括新华社、中央电视台、中国香港凤凰卫视、“北京青年报”等在内的全国数十家媒体的上百名记者同时涌到了夕照山上，子虚他们这些本地报纸的小报记者们被挤出圈外，根本进不去。这始料未及的场面让有关方面大伤脑筋。最后大小记者一律平等，统统被赶到山下的西子宾馆里去看电视台的现场直播。师哥半发牢骚半得意地说：好嘛，昨天住在西湖宾馆，那是刘庄；今天跑到西子宾馆，那是汪庄，都是最高级别的待遇了，看不到现场我也认了。

子虚心悠了一下，他想起了昨夜悠悠跟他提起的佛像砖，打起精神，尽可能仔细地记录了发掘的全过程：

9:00

3架摄像机对准了地宫发掘现场，一场与废墟的现场对话，终于开始了。这是一个距离地面2.6米深的坑，地宫口就在底下。一块重750公斤、近1米长的石灰岩石镇在上面，被解除了法力的白娘子若真压在下面，要上来哪那么容易。法海啊，你够狠的。闲话少说，言归正传，意守丹田，我还是回到当下来。大家都静静地坐在电视机前（我又想起了悠悠，要是她就坐在我的身边呢？她对杭州历史和雷峰塔的熟悉程度令人又神秘又生疑，但我实在不愿意对她生疑。尽管她来历不明，这一点是已经确证无疑了）。

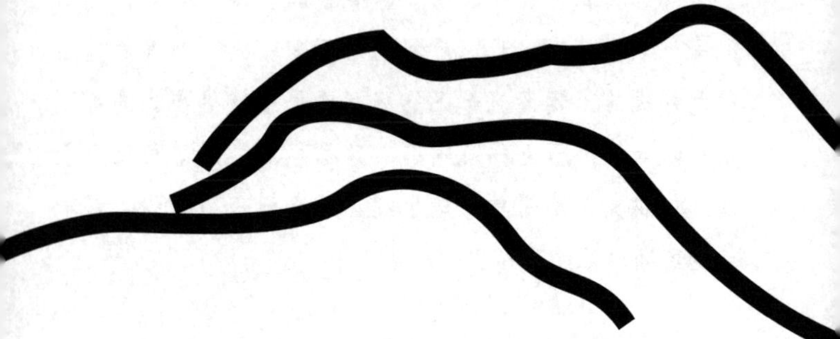

9:10

徐苹芳先生出现在屏幕前，作为中国社会考古研究所所长、中国考古学会理事长，他的“秀”做得又学术又时尚。他的预测很给人鼓舞：从目前情况来看，地宫没有任何被盗的迹象，相信会有很多文物出土。其中会包括佛舍利、法器和宝物（不知道出土的宝贝中，会不会出现佛像砖？要是有，我应该马上通知悠悠。遗憾的是我竟然忘了问她的电话和手机，哪怕呼机也行。但愿她现在就坐在电视机旁，不对，我好像没有发现“香薰护发”有电视机）。

9:15

现在开始抬顶石了。考古队员们使用的工具是铁链和辘轳。这是一种很原始的操作方式，但除此之外也想不出更好的（突发奇想，如果悠悠真如师哥师姐判断的那样非人乃妖，这时候不是用得上她了吗？她轻轻吹一口气，大石头就上来了吧）。

9:45

大石头终于被5名年轻力壮的考古队员移到旁边，现在，一个有93厘米宽长、13厘米厚的正方形石板，露在了人们面前。这也是一块石板，上面堆满岁月的尘埃，还洒落了几十枚古钱币。发掘现场总指挥、浙江省考古研究所所长曹锦炎告诉大家说，这是五代十国时期通用的开元通宝（应该让悠悠来辨认一下，如果她真的是狐鬼道上之人，也许正是从吴越国来的呢——一笑）。

盖板周围出现了一层砖，啊，原来这盖板是嵌在这砖里的。这会不会是悠悠所说的佛像砖呢？不是，不是，这些砖石上没有东西。好了，不想女人的事情了，开始撬石板了。可惜，十全十美几乎不可能的，石板出现了裂缝。白娘子如果关在此中，化为一缕芳魂，是可以从中逃脱了（悠悠会不会是古代哪位怨女的幽魂所化，打住，坚决不再想她）。

11:20

大家都紧张得如身临其境一般。地宫里究竟会有什么呢？……简单但并不平易，没有那种让人瞠目结舌的现场，但一个谜套住了另一个谜，又一个“中国盒子”出现在众人面前。地宫中央，一只铁函稳稳地放在当中。在它与墙壁之间，卡着一尊铜佛像，周围散着许多的钱币。我注意到了，在地宫的四角，放着四面圆形的铜镜。

徐苹芳先生说，铁函里面会有铜函，铜函里面会有

宝贝。这不能不使我想起六朝时吴均的《阳羡鹅笼》，这就是一个典型的从一个东西里再生出另一个东西的无穷的循环过程。这就是一生二，二生三，三生万物的意思吧，不过吴均的构思套路也很有可能就是从佛教《譬喻经》中来的。也就是说，从雷峰塔隶属的文化中来。

地宫里很湿，有痕迹。如果我们的总理生活在吴越时期，会愤怒地训斥为“豆腐渣工程”吗？又想到哪里去了，今天的脑筋很不好使，像水银一样滑溜，打住。

12:00

铜镜取出来了，刻有“官”字，还有“匠人倪成”“都省铜钫”字样。看样子这姓倪的与官办企业有关。

13:00—16:00

大家都在那只铁函上花功夫，要把它取出来也不是一件轻而易举的事情。还是先说说青铜佛像之事，非常精美，带有那个时代的印记。师哥跟我打赌说这件文物肯定属于国家一级。我不跟他赌，因为他总是对的(可是他始终怀疑我们见到的悠悠是幻觉，这是我不能承认的，在悠悠的问题上我已经和他打了赌)。

22:30—24:00

我被两种情绪煎熬着，一种是迫切想看到眼前正在发生着的发掘雷峰塔现场的整个事件的过程底细，我想看一个水落石出。另一种是更加疯狂地想立刻赶到孤山的武亭去和悠悠约会。不过总而言之我现在还是盯在电视机前，我看到了一些铜币啊腰带啊玉器和手镯啊，还有一样东西我看不明白，经专家解释才知道是臂钏。还有一些丝织品，都烂得差不多了……铁函也终于被移出来了，又发现了一座小铜佛，但我已心不在焉。我跟师哥说，我必须走了。师哥很吃惊地问我到哪里去。我觉得他真是事不关已高高挂起，难道当年他与师姐约会的时候我也这样冷漠吗？他显然明白过来了，大叫一声：智商何等低下啊，现在几点了，半夜三更，你真是要跟鬼约会去啊……

我突然心生不悦，我不知道为什么不愿意让他提悠悠与鬼怪的关系。其实我并不真正相信悠悠是来历不明的，我想今天夜里我必须知道她的来龙去脉。而在此之前我不愿意让任何人猜疑悠悠。我站起来说：这是我的自由。

子虚在迟到几乎六个小时之后，终于赶到了孤山。

他本来想从中山公园大门口进入，他知道的武亭就在公园大门进去不远处两边，但大门已经紧紧闭上了。师哥的话其实并不夸张，这样的春寒料峭的季节，凌晨一点钟出现在孤山，不是和“鬼”约会又是和谁。但子虚是不去那样想的，他立刻变通了一种走法，从平湖秋月鲁迅像前的那条孤山小道上绕道再走，七弯八弯，终于弯到了武亭——哪里还有什么美人抱柱而待啊！子虚的心，刚才火烧火燎，此刻里外冻得冰凉。他在夜半三更的山风中，憷憷地发起抖来。他惊奇地想：不是不见不散吗？天亮时子虚还坐在武亭里发呆，见到师哥师姐出现在他面前时他冻得已经说不出话来了。他们送上一盒热奶他一口气吸个精光，这才缓过一口气来。师姐一边搓着他的脸一边说：子虚我佩服你，我真的佩服你，二十一世纪的中国古典书生的爱情观，我真的佩服你……

师哥一边搓他的手一边狠狠地说：闭上你的乌鸦嘴！子虚都这样了，你还挖苦他。

师姐就急了，把子虚的脸就搓得变了形：谁挖苦他，谁挖苦他谁就不是女人。我是真的佩服他能这样投入地爱人，简直就是奇迹。你要有他十分之一，我就替你做牛做马一辈子——

——子虚摇摇手就不让他们说下去了：行了，我承受得住，别找个理由安慰我了。现在我自己也不相信我真的遇见过什么悠悠了。他诚恳地面对师哥说：两个人同时梦游的事情，以往我确实没有听到过，现在我们要相信这是有可能发生的。不过我不想说这些了，今天报社是怎么打发我的？我是不是应该真正打道回府了？

师哥师姐对了一下目光，师姐就小心翼翼地问：子虚你现在好一点了吗？子虚说我没什么不好哇，这有什么，被某个女人玩了一把嘛！这有什么稀奇，人生经历嘛，小说题材嘛，这有什么不好的。师姐说这我就放心了。不瞒你说，昨天你们忙了一天我也忙了一天。我去考察你那个悠悠的身世了。先是考察她说的要在武亭和你约会的原因，她为什么要让你看二〇〇〇年四月五日的《杭州日报》呢？我查了，那天果然有一篇报道《“武亭”是亭是塔》，是市民雨友和裘乐春考察出来的，说我们现在所处的这个武亭，实际上是一座仿吴越宝箧印经塔形制成的单层四门方塔。

事倒确实是那么一回事情，不过这和雷峰塔有什么关系，和定这里为约会地点又有什么关系？这还是一个谜。师哥把子虚拖走出了武亭。现在，他们站在大大的红色的“孤”字下面了。子虚打了个寒战说：孤山，这

个孤，真是好，真是千古流芳的好名字！

师哥说：我琢磨了一夜，也没有把你的奇遇记琢磨明白，这可真让我费心思。要知道这件事情本来是应该发生在我身上的，你只是我的替身。你看这个武亭，它也是建于一九二四年的，是纪念南洋华侨为浙江水灾募捐赈灾建的。这是北门额吧，上面还写着“华洋义赈会造塔湖滨”。难道你那位悠悠和华侨有关？

子虚吃惊地问：你还相信世界上是有一个悠悠的？

师哥也问：你还真以为她是一个芳魂？

子虚说：我不知道该怎么解释她，也许她和刘学询的那个八姨太是有关系的。她那么了解八姨太的事情，不过她没有说她和八姨太究竟是什么关系，或者她是她的后代？或者她自己就是八姨太的幽魂变的？我实在难以相信，真的难以相信，八姨太的时代是没有香薰护发的，这是刚刚从日本传过来的护发新理念。尽管八姨太是个陈白露式的二十世纪二十年代的时尚女郎，也不可能知道八十年之后的先进技术吧？再说她那么年轻，八姨太要是在，应该有一百多岁了吧。他重新可怜巴巴地望着他的师哥师姐。

师姐不再搓他的脸了，她神情严肃地说：我不得不告诉你，在你看来是传奇的故事，在我看来，却是一场骗局。你讲的那些小老婆姨太太的事情，在《刘庄百年》中全部都有，关于八姨太的记载也很详细，你要不要看一看？

子虚摇摇手说：我不看，肯定和悠悠说的不一样。

师姐说：不是不一样，是大相径庭。你说的八姨太是雷峰塔倒的那一天嫁到刘家的，并且其人还是杭州城里的陈白露。而实际上的那个真正的八姨太是姓范，名叫范嫚英，根本不是杭州人，而是刘学询的老家广东惠州人。一九〇七年出生，十九岁那年嫁给了刘学询，当时刘学询已经七十岁了。我算了一算，那应该是一九二六年，那时雷峰塔已经倒了两年了。而且她也不是直接嫁入刘庄的。刘学询虽然做了十个坟，希望死后在西湖边也能够如生前一样妻妾成群，但生前的许多日子他是在上海度过的——上海愚园路的愚谷村96号。八姨太是一九四五年才从上海搬过来的。再说，她也不是出身于破产的大户人家家中，她不过是刘学询大女儿的一个丫头，后来刘学询把她收了房，成了最小的妾。五年之后她生了一个儿子。

子虚听到这里，眼睛睁圆了：是吗？是有一个儿子吗？是有一个刘家的少爷吗？如果五年之后他诞生，那应该是一九三一年前后的事情吧。我的意思是说吴悠的

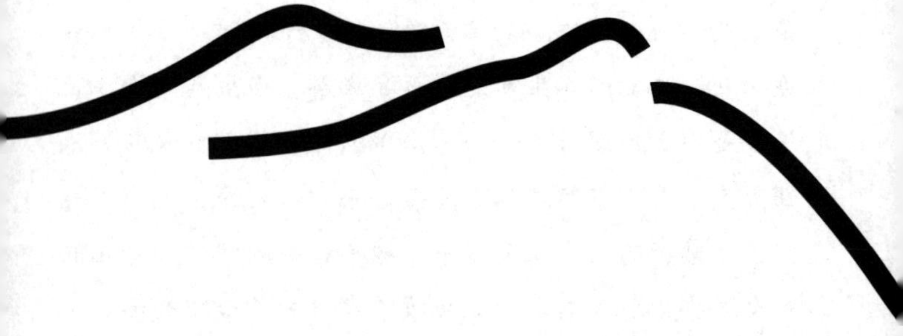

确不止一次提到过刘家的少爷。不好意思我打断了你，不过我不会再插嘴了，请你继续说……

……因为这个儿子，八姨太在刘家的地位高了许多，一度掌管了门户。到一九五三年时，就是这个范嫒英把刘庄献给国家的。她从刘庄搬出来，先是住在南山路广福里，后来又搬到直骨牌弄24号。她没出嫁前就是一个丫头，从刘庄出去后又给人做了保姆。死亡日期罗以民先生也已查出来了，是一九六九年十月十五日，忌日也就是她的生日。她在这个世界上不多不少活了六十二年。

说到这里师姐停住了，看着两个一声不吭的男人，问：要是不想听，我就不说了。反正你们都是时尚中人，对这些过时的小老婆们的故事也不会有兴趣。

师哥连忙说：你说你说，我爱听，这个八姨太非常有意思，非常有意思。没想到你对她了解得那么透彻。你攻读杭州地方志还是选对了，杭州这个地方就是有挖头。

师姐说：你别又马屁拍到马腿上。关于刘庄我是所知甚少，大多数资料都是从书上来的。关于这个八姨太，我也不多说什么总结性的话语了，罗以民先生有一段话说得最好，我就用了他的。她取出那本《百年刘庄》读道：

杭之老人今犹忆及这位八姨太乘小舟至市区购物，往返湖上。没有什么文化的范媛英的苦撑，自有她自己的一番悲壮。她已没有任何收入，搬出刘庄，即从阔太太立刻变成保姆。历史对她来说，画了一个圆圈，又回到了广东来杭州的起点：佣人。

师姐合上了书本，三人都无话可说，默默步出中山公园，看着湖上。早晨的西湖是清丽的，正是乍暖还寒、最难将息的季节，游人未至，西湖竟然就有些落寞了。师姐认真地看着子虚说：真的，我现在非常希望那位吴悠能够在湖上出现。

师哥说：这是完全有可能的。这两天考古队还在整理雷峰塔里的宝物，特别是那只铁函，一定要打开，让人明白那里面究竟有没有宝贝。我相信吴悠不会那么轻易消失的。子虚你别的事情都别给我干了。你天天给我到这里来盯着，守株待兔。我们打赌，吴悠会出现的。子虚低着头，缓缓地朝断桥方向走。师姐讲的关于八姨太的故事，和他从吴悠那里听来的完全是两个版本。两夜一天的精神冲击，把他彻底搅糊涂了。

接下去的两天都是在师哥的骂骂咧咧和子虚的无精打采之中度过的。师哥骂骂咧咧，乃是因为雷峰塔地宫开启，对新闻界而言，无疑是一场媒介大战，记者们很快发现，要从考古队那里获得一些消息，实在是比登天还难。特别是在铁函出土之后，考古队方面对其实行了严格的新闻控制，开宝盒的过程，似乎比宝盒自身还神秘。师哥像热锅上的蚂蚁，从十二号一早爬起开始，直到十四号夜里，才终于捞到情报。不过那时候，各媒体也都基本上得到资料了。好在这一过程子虚已经被淘汰出局。他也不去报社了，回到学校，每天傍晚都到武亭附近去守候，悠悠的影子都没有。他到刘庄对面的小树林里去过，一次之后他就不再去了，因为那里完全看不到“香薰护发”印记。难道一夜之间它就搬走了，难道悠悠是外星人？是鬼，是仙，难道就是幻觉？子虚想得头痛，不想了。

师哥是十五日白天跑到子虚那里去的。见子虚闷头睡在床上，一把把他拖起，叫道：找到了！子虚睁眼一看，眼前一张金光灿灿的图片，上面一件器物，无疑是新出土的，子虚问：是从那铁函里出来的吗？师哥就眉飞色舞地告诉子虚，铁函里藏着六样宝贝，其中就包括了这一件，鎏金银质金涂塔。从塔身的镂空处，你可以看到金质容器。银塔金棺，佛螺髻发就藏在其中。

子虚听后想了想又躺了下去，说：我真不明白，大家都疯了似的去证实一件没有意义的事情。就算佛螺髻发真在里面又怎么样？佛螺髻发算个什么？荒唐！

师哥又把子虚拉起来说：你看看你看看，你别只知其一不知其二。你看看这塔像什么？

子虚只好再次坐起来，看着看着，头皮就发紧起来：……好像，好像……

别好像了……就是武亭！从塔身四角的四根山花蕉叶，到整个塔的形制。你看看，是不是完全如出一辙。现在你明白了吧。吴悠为什么让你到武亭来与你约会，她是暗示你，将要出土的会是一件这样的宝贝。

子虚目光就散了开去，本来就有些迷茫的表情现在就更加迷茫了：照你说来，吴悠确证无疑就是一个女鬼了，或者外星人？她总不可能是妖吧？总之她不是个人。

师哥收起图片，就点起烟来抽：说到底我是不相信鬼妖啊什么的，我宁可相信这是一种类似魔术般的手段。一个小小美发屋突然不见了这有什么稀奇，美国的大卫还把自由女神像变没了呢。至于用武亭来暗示即将出土的银塔，这也没有什么奇怪。这种塔的形状，名叫

“宝箧印经塔”，民间一直就是有铸造的。历史上铁质木质的都发现过，不过银质的倒是第一次发现。

你以为我还能见到她？

不是还能见到她，是很快就会见到她。你现在就到孤山去等她，说不定她就出现了。

子虚听到这里突然紧张起来：她会是特务吗，或者文物贩子，或者其他随便什么，恐怖分子？我宁愿她是鬼怪，鬼怪比装神弄鬼的人更安全。好吧，就算她是人，是骗子，她装神弄鬼的目的又是什么？

师哥说：我比你还想弄明白这件够刺激的事情，这事本来归我，可惜美差落到了你的头上。吴悠者，邦迪女郎也。至于她的神秘的出现，目的究竟何在？请看子虚出场，且听下回分解，起来吧你，给我干活去。

他一把就把子虚拖下了床。

子虚在武亭等到夜深人静，再一次确定吴悠就是一个“乌有者”，心里反而安静了。走出中山公园大门口时，那管门的女人看他一眼，说：还没有来啊？子虚看了看夜西湖，黑暗中湖面竟然有几许苍茫，他想，瞧，连旁人都知道我在等人了。就笑笑说：没来。话音刚落，就听湖岸上一声婉转：……来了……子虚再朝湖上看，竟看出一只小舟的轮廓，一只白手晃动了一下，莺声悠然而出：……我来迟了……

子虚忍不住笑了起来，想到他家楼下的越剧迷，几乎一年到头都在播放越剧《红楼梦》。他走上走下，总是听到贾宝玉的那一句呼天抢地的道白：我来迟了……他周身奇异地暖和起来，便应道：不迟不迟，正是时候……也不知道怎么的就已经上了船。见几日不见的吴悠披一块大围巾坐在舱中，笑嘻嘻地说：生我的气了吧。子虚坐在她对面，小舟就荡了开去，他也笑嘻嘻说：是人是仙还不知道呢，我生你什么气？

吴悠聪明，立刻回了过去：你是说是人是鬼还没弄明白吧，我要真是花下鬼还不把你吓死。子虚一点也不害怕，突然就扑了过去，坐到吴悠身边。小舟一阵摇晃，子虚说：你说我会不会被你吓死？吴悠轻轻地用长发扫了他的面颊一下：不怪我，我等你快到半夜，鸡叫前我得走。我想你是不会来了。我算什么，一个洗发妹罢了。子虚也不知哪里来的胆子，就把她的肩膀搂了过来：洗发妹怎么啦，香薰护发，谁有这样的绝活。悠悠就笑了：你真是孤陋寡闻，满街都是这种新玩意儿，我不过跟着人家学罢了。子虚又说：那也不一样，人家有跟刘庄八姨太沾边的吗？悠悠这才叹口气说：这倒也是。子虚就乘胜追击：而且有哪个洗发妹说起杭州掌故

来，跟你那样如数家珍。光一个雷峰塔，你看你说出多少名堂来。说到这里，这才突然想到问：悠悠，我真不管你是人是鬼，你就跟我说实话，你是怎么知道铁函里面的金涂塔和武亭形制一样的。

悠悠吃吃吃地笑了起来，头埋到子虚怀里去，湖上的风轻轻吹过来，夜凉如水啊。悠悠说：你说什么呀，我可不是因为这个才把你约到武亭去的。实话跟你说，我想到那个地方，乃是因为当年八姨太和那孙传芳的青年军官在那里相见过。子虚怔了一下，想：悠悠的八姨太也是真有其人的吧，同一个女人，口头叙述中和信史记载如果完全不一样，如果完全成了两个女人，这也许是可以被承认的吧。

悠悠不管子虚是怎么想的了，她说：你上了我的船了，你就得听我的话了，你不听也得听了。我知道你是怎么想的，关于八姨太，从来没有一本书上会写到她在一九二五年春天和那青年军官在武亭的约会，这有什么奇怪的呢。史书从来就只记载整数，余数从来就是四舍五入的。比如我这么一个人，比如我们今天夜里在湖上，谁会记载？这都是记在当事者骨子里的事情。情这种事情，从来就是说不得的，埋得不深，透露到人间，就成了饭后茶余的红尘俗事；埋太深了，和骨肉葬在一起了，有一天火化了，烟消云散了，也就弥漫在这样夜深人静的湖上罢了，几个人感受得到呢？我说这些，也都不过是陈词老调罢了。你这样的“酷爽之人”，装作听进去，心里还不知道怎么样的笑话我呢。

子虚连忙声明：什么话，你连“酷爽”都知道，可见你是如何的时尚，你就不要谦虚了。我很想知道八姨太有没有跟青年军官私奔，应该是没有私奔成吧？

悠悠突然就激昂起来：这不能怪谁。八姨太约青年军官在武亭相见时，你知道青年军官已经是什么人了？

子虚茫然地问：什么人？总不会是中国共产党地下党员吧？

悠悠严肃地低声地回答：正是。青年军官就是早期的共产党人。这有什么奇怪，二十年代，我们浙江杭州，年轻人加入共产党的一点也不少。早期共产主义小组成员中我们杭州人不少呢。不过一九二五年，那时候已经要开始北伐前的准备了，青年军官已经要往广州奔了。那时候不是共产党和国民党第一次合作吗，那军官跑到广州，还加入了国民党呢。你说他能带上什么刘学询的八姨太吗？刘学询可是要“反清复明”的。

子虚微微地把悠悠从他怀里拉开了一点，作惊恐状说：你真是令人害怕令人恐惧，你知道的太多了，你知

道的离你的现状太远了。不过我已经不关心你是人还是鬼还是仙，你还是快点告诉我那军官和八姨太之间的事情吧。他爱她吗？或者说她爱他吗？

难道这还需要我再重述吗？他当然爱她，但他更爱他的主义。他并没有想过要带上她私奔，他们在一九二五年的春天的夜晚，也就在这样的时分吧，于武亭约会。那是因为刘学询那天夜里正好在武亭请客，八姨太一起去了。而青年军官是被当作八姨太的救命恩人、兄长来看的，所以他也在被请之列。席间刘学询突然想到要取那块雷峰塔的佛像砖给人看，唯有八姨太知道藏砖之处在何地，就请她驾舟去取，又请青年军官陪同，这才有了其中的故事。

子虚听到这里才算明白：你是说他们真正的约会地点是在湖上，武亭不过是个过场罢了。悠悠眼波一横，暗中往子虚掠去。子虚心里大热，突然就明白了他们此身此时生在何处，悠悠为什么会荡一叶扁舟于湖上。仿佛一切都是为了重复以往实现的，或者实现以往未实现的——但这不是只有在梦里才可以做到的事情吗？

现在，悠悠的话就越来越像是梦呓了……你一定特别关心他们之间的爱的过程吧，爱的过程永远比爱的结果更本质。我可以告诉你，正是那一次武亭相见和湖上相会，使他们能够互诉衷肠。因为划船的是青年军官的心腹，所以在船上，八姨太和青年军官可以畅所欲言。八姨太明确地表示了她爱他，她不爱那七十岁的老人。青年军官也不可能不在这样的时刻无动于衷，他也承认了他一直在思念她。但无论如何这是不可能的，因为他要走了。那时候他还不能告诉她究竟要到哪里去，但八姨太听到这里就潸然泪下了。她边哭边说，刘庄虽美，于她却无疑是一座精美的监狱，而她也无疑不过是笼中的一只金丝鸟。您知道那时的中国青年已经经过了“五四”新文化运动的洗礼了，何况八姨太是受过良好教育的女中学生。她渴望冲破牢笼，这种心情不是很正常吗？我可以告诉你，有一刹那青年军官真的动心了，他就问她，她想去哪里？八姨太早就向往法国或者英国了，她说他们可以一起出国去，到国外读书谋生，比在国内有意思多了。青年军官突然想到自己是要为主义去献身的，怎么可能带着一个姨太太私奔出国到资产阶级的所在之处去呢？青年军官就不得不正襟危坐起来，说：这是不可能的，他要去的地方绝对不是她能够去的地方。他也不会因为她而改变他的人生方向。八姨太听到这里哭着就扑到青年军官的怀里，眼泪脂粉和口红沾了那青年人一脸，夜深人静的湖面上就一片呜呜咽咽起

来。那青年毕竟是喜欢八姨太的，在热吻与清泪之间，断断续续地应允了他一定会回来看她的，他会寻找机会来安排他们的未来的。在他们相别的岁月里，请她就把那块佛像砖当作他们的爱情的信物吧，见物如见人。这对旷男怨女就在一九二五年的春天的夜西湖上海誓山盟，又黯然离别。此情此景，怎不让人想到林和靖的《长相思》：君泪盈，妾泪盈，罗带同心结未成，江头潮已平……

青年军官并未食言，他们再次相遇的时机在经过了两年的苦熬之后终于到来了。一九二七年春天，北伐军开进了杭州城。此时的刘学询已经完全没有了三十年前的政治热情，他的书房望山楼上镶的一联很能说明他晚年的心态：竹里坐消无事福，花间补读未完书。北伐军的进退也并未给他的生活带来更大的冲击。倒是八姨太心情激动，她知道她的心上人将随着革命的进程而回到她的身边。果然如愿以偿，青年军官带着他的队伍回到杭州，这时他却是以北伐军中国民党员身份出现在刘庄的。安顿好他的部队后他就直奔刘庄。八姨太略感遗憾的就是心上人没有直接来见她而是先去见了老朽的刘学询。好在晚年的刘学询非常珍爱他的八姨太，和青年军官寒暄几句之后就立刻派人去叫八姨太。一日不见如隔三秋，三秋不见又如隔几许呢？八姨太见了青年军官，经过战火洗礼之后的神情越发沉毅刚健，举止投足中又增添几许沧桑，与衰老的刘学询相比，实在是不忍相观。好在她还能够控制自己不流下离人之相思泪，只是站在一边奉茶倒水问安。她那小心翼翼的样子也不是完全装出来的。你要知道未曾给主人生下儿子的小妾，在家中实际上是没有地位的，况且在八姨太上头还压着七个姨太太外加一个正房夫人。八姨太是多么渴望与心上人再一次互诉衷肠啊。可是她立刻发现心上人变了，变得对她心不在焉了。她发现他与她重逢后目光的确是热烈地亮了一亮，但接下去的大部分时间，他就专心致志地听刘学询谈论天下大事了。他们从共产党说到国民党，从孙中山说到陈独秀。在刘学询眼里，孙中山过于理想色彩，不足以成就霸业，蒋介石完全就是一个小字辈而已，但刘学询对他八姨太的救命恩人的确说过要防蒋介石一手。然而刘学询最咬牙切齿念念不忘的还是对康有为的仇恨，因为康有为曾经占据过他的水竹居，后来又在刘庄边上紧挨着造了康庄，况且他们在维新变法前后就是死敌。刘学询一张口就是李鸿章光绪和慈禧，真有白头宫女说玄宗之感。青年军官耐着性子听，不时插几句关于对国民党和蒋介石的认识。刘学询说到最

后，还是说到他自己的晚年爱好中来。他再一次地让八姨太拿出那块佛像砖说，这样的佛像砖根本找不到了。他又指着砖上的题文“造此佛十八尊”问年轻人，在他看来，这句话是什么意思。直到这时候，年轻人才抬起头来，看着八姨太，问她的见解呢？八姨太也才说：老爷的意思是问，究竟是这样的造像有十八种呢，还是只造了十八件这样的砖。年轻人又问：那你认为是怎么样的呢？老爷就说：你不要问她，我就问你。年轻人想了想说：当然是后一种了。雷峰塔倒时，我就在场嘛，那么多人抢，后来就再也没有发现过这样的砖。它要是多，现在还会那么珍贵？不过这些事情我后来也不清楚，也顾不上了。我走后杭州市面上还出现过这样的砖吗？

刘学询和八姨太听了他的回答都心生欢乐，他们和他的想法完全一致。在刘学询，当然希望这样的砖越少越好，物以稀为贵嘛。在八姨太，简直希望全世界只有这一块才好，才显得这爱情的信物之弥足珍贵。他们在一片融洽中告别，青年军官终于走了，刘学询让八姨太送义兄到水竹居大门。一路上跟班走在旁边，他们什么体己话也不能说。直到青年军官翻身上马时，八姨太才含着眼泪问他什么时候能再来坐坐。那青年军官听了此话又下了马，轻轻地说：我会来的。遂又上马，沿杨公堤飞奔而去。

悠悠说到这里，默然无语，仿佛故事已经结束。子虚等了一会儿，见她不往下说，忍不住问：就这么完了，不至于吧。

悠悠叹了一口气说：那你说接下去怎么发展吧，我倒是想听听你怎么想他们的。

子虚果断地说：我虽然并不知道他们之间的故事究竟怎么样地发展，但我可以回答你，这样凄婉的故事让它无疾而终不了了之，那是不行的。我们必须让它轰轰烈烈，一波三折，惊心动魄。所以，我想，一九二七年四月，蒋介石政变，血腥屠杀共产党，那位青年军官是一定要参与其中的。作为一名共产党人，他当然将成为追捕对象。不过在此之前刘学询已经派八姨太暗中给他通风报信了，希望他早一点远走高飞。他没有能够走掉完全是因为要和八姨太见上最后一面。可是这一面他们应该在哪里见呢？

悠悠补充说：我可以给你提供一个地点，杭州直骨牌弄的大慈寺，那时候这里是刘家的家寺。

好的，选择寺庙作为情人约会的地点是中国人特有的思路。张生和莺莺就是在寺庙里相爱的，所以青年军官和八姨太完全可以利用烧香的机会在家寺见面。但是

事件突发，风云转折，就在两人相会之际，敌人突然冲了进来，青年军官大惊，指着八姨太说：没想到是你把我送上了死路。八姨太失声惊叫：不是我！青年军官举枪要往外冲，拼一个你死我活。八姨太连忙给他指出一道小门，正当青年军官往外逃之际，敌人包围了他们。八姨太举起手里的佛像砖要向敌人扔去，一颗罪恶的子弹打响了，佛像砖被打碎成两半，子弹穿过砖头，射中了八姨太的胸膛。青年军官抱住了八姨太，血染佛砖，八姨太举起手里的半块砖头，放到青年军官手里，说：你走吧。青年军官怀揣半块佛砖，死里逃生。

许多年过去了，青年军官已经成了杭州城里的百岁老人。听说雷峰塔要重修，他天天坐在电视机前，想重温往事。雷峰塔发掘那天，他让他的重孙推着轮椅，把他送到夕照山下……

他仿佛又看到了历史的重演，又看到了那个古塔倒下时从花轿里探出头来的杭州姑娘……

子虚沉默了一会儿，问：你觉得我的叙述到位吗？

悠悠说：听上去像张恨水的小说，如果他活到今天的话。

子虚说：好吧，子虚版说完了，还是听吴悠版吧。

悠悠说：我的故事比你长多了，而且听上去也没有你的那么些鲜血啊生死啊，总之我的故事表面上要比你平淡。前面的经历是一样的，国民党开始屠杀共产党了，刘学询让八姨太借烧香为名与青年军官接头，把军官救出去。谁知在寺庙里敌人堵住了青年军官，这也是一样的，幸亏八姨太机敏，把情人乔装打扮成庙里的女尼，然后两人一起乘着花轿混出了敌人的重重包围。这时杭州城里已经是一片白色恐怖，国民党处处设防，我们的地下党员根本出不了杭州城，八姨太此时毅然决然地就把青年军官接回了家中。

刘学询没想到他的刘庄会来一个共产党员，不过他还是接纳了他，让他在他的刘庄隐居下来，读书避风。当时刘学询的女儿也已经年纪不小了，一起在刘庄里住着。刘学询就看中了那正在避难的共产党员，想让这青年人成为他家更亲密的成员。而与此同时，八姨太在婚后多年终于怀孕了。

子虚听到这里终于忍不住打断了悠悠的叙述：不行不行，你这样说就实在是太离谱了。我若是刘家的后代，会把你告到法庭上去的。事实上，刘家是有一个女儿年纪很大才嫁出去，但嫁的原本是一个国民党的军官，姓韩。刘学询的八姨太也的确是生了一个儿子，但没有任何迹象证明八姨太与任何男人有什么关系。从逻

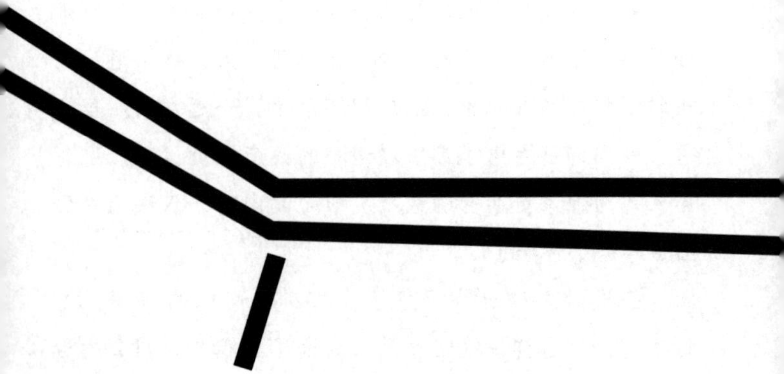

[redacted]

辑上说，刘学询再不问世事，也不可能把一位地下共产党员配给他的女儿，哪怕他女儿永远嫁不出去。

听到这里，悠悠忍不住打断子虚：你若是跟我讨论事实，或许我真被你问倒。可你不该跟我讨论逻辑，凭什么逻辑可以证明刘学询不会喜欢一个共产党员？相反，从逻辑上说，刘学询是喜欢有反抗精神的人的。莫非你真不知道他年轻时曾经想暗杀康有为，甚至曾经秘密联络英国、日本，伪造电报，策划李鸿章起义，于广州“另立中央”？事不成，在珠江口“安平轮”上，这位广东进士破口大骂洋人：英国佬不足以谋事。又双泪长流道：非我不谋，天不助我也。他若没有这样的英雄气，又怎么会说出这样的话来。

子虚也急了，在隐约的湖水微波中声音激越起来：可是你也不要忘记了这次密谋失败之后，他就心灰意懒，说，香港之谋乃天数，若再谋，此命休矣。以后孙中山以大总统为名都未能吸引他，只管埋头自己在上海做生意，在杭州当隐士。这样一个人怎么可能同情共产党呢？

说完这番话子虚就发现湖上空气变了，紧张起来了，在暗中连气氛都会板结起来。他心慌地朝前方看了一眼，三潭印月就在不远的地方，那水中的石潭也仿佛生硬地竖成一根冰棍，发出幽冷的白光。悠悠就在这时候突然站了起来，说：道不同不相为谋，你既然一口气这样认定，我也没有什么话可以和你再说了，你走吧。

子虚就心虚气软下来，慌里慌张赔着笑脸说：你看你，我也没说刘学询一定不同情共产党嘛。再说半夜三更你这会儿让我怎么走。四面都是水，我又不会游泳，即使我会现在下水我也准会冻死。行了行了，算你的逻辑有理，坐下坐下，这点小事也值得你生气……

悠悠也就半推半就地坐下了，但嘴里依旧不饶人：这怎么就是小事。刘学询如果对那青年军官没个好态度，他那个儿子后来怎么会参加革命还上了朝鲜战场？子虚心里暗暗想这不是血统论嘛，老子英雄儿好汉，老子反动儿混蛋。不过他现在已经明白和悠悠这样的女人是不能按常识性的规律对话的。在她的世界里，现实、历史幻觉和想象，全都打通搅成一锅粥，她叙述到哪里，她以为的真实也就到哪里。比如刘学询的那个七十五岁才生的儿子，究竟身世如何，在悠悠口中，不是已经非常扑朔迷离了吗？没有任何资料可以证明他不是刘学询生的，但又有什么确凿的证据可以证明这个孩子和那青年军官没有什么关系呢。

小舟就绕着三潭印月的三个石潭缓缓滑行，一天

夜空冰如水，子虚搂着悠悠的肩膀，他能够感觉到她心情的激动。他突然想：也许这段历史对她很重要吧？在这个世界上，难道所谓的真实一定那么重要吗？难道真实在与善与美相抵触的时候也依然是第一性的吗？如果书本上记载的史实是第一性的，是唯一可信的，那么今天夜里，那么此刻就是虚幻的，是假的，包括此刻的湖水、残星、小舟、美人、美人的佯嗔与美人眼中的雷峰塔……然而我能够在明天早晨就一笔勾销掉今夜的西湖吗？

子虚想：这是不能够的，一生都不能够的。所以说如果师姐的刘庄是一种刘庄的话，那么悠悠的刘庄也是一种刘庄。所以说，刘庄其实起码是在一个以上的——难道他冯子虚就不可以有他的刘庄吗……

悠悠好像余气未消：你为什么不说话？

子虚觉得她装出来的怒气很可爱：我喜欢听你说话！

悠悠立刻就转嗔为悦，只是还得端一端架子：……既然你知道的比我还多，那你说吧，后来刘庄发生了什么事情？

子虚突然觉得心里透明起来，仿佛刘庄的往事历历在目，了然于胸，仿佛只要他开口，便可以如数家珍。他有些激动地甚至迫不及待地叙述起来：

我们暂且放下刘家少爷的神秘出生和刘家大女儿的终身大事，总之我可以告诉您，青年军官、地下共产党员在刘庄隐蔽了半年之后，终于被国民党发现，一次外出湖上，被特务抓走。八姨太惊悉此事，几乎完全控制不住自己的感情，她几乎是逼着老爷要他把人救出来。老爷到底还是亲自出马了，但腐败的国民党特务头子什么金银财宝都不要，就要刘家的那块雷峰塔佛像砖。现在你知道了吧，当初在武亭夜宴之际，请来的客人中就有特务头子。那块佛像砖早就入了特务头子的心眼了。刘学询再喜欢这宝贝，到底还是救人要紧，派八姨太亲自带着佛像砖出面，到底还是把人救了出来。

悠悠听到这里舒了一口气说：这还差不多。我也没说刘学询一定是什么大公无私之人，要那样，他自己就跟那杨度一样，成了早期共产党员了。事实上他救出了那青年，就对自己的八姨太心生疑窦了。巧的是就在此时，刘庄传出了八姨太怀孕的喜讯。现在，这对乱世冤家没有能够终结连理的原因应该是很顺理成章了吧。八姨太身怀六甲，不可能跟着青年军官私奔。而除此之外，青年军官又怎么能不感谢刘学询的救命之恩呢？一对劳燕就这样各自分飞了。直到五年之后的一九三五年刘学询八十周岁溘然长逝，那青年军官也没有回来。而

那年，刘家的小少爷，已经五岁了。

八姨太和他的心上人再次见面已经是两年之后的深秋。那时候，由于八姨太生了儿子之故，地位骤长，已经是刘家的实际掌门人了。当然，刘家此时的败落也已经是众所周知了。虽说如此，到底瘦死的骆驼比马大。日本人就要打进来了，这一大家子的何去何从就成了重大问题。青年军官就是在这样的危急存亡之秋突然从天而降出现在刘庄的。那时候，他已经作为国共合作中的共产党方面的军方人士，公开出现在杭州城里了。我们已经不能用青年军官、地下共产党员这样的称号称他了。既然他依旧留在军队里，而且还在抗日，我们就称其为抗日军人吧。

这一次八姨太依旧没有能够和抗日军人走成。这也是可以理解的。八姨太已经不是十多年前雷峰塔倒塌时的新娘子了，她成了刘庄的真正的主人，而且她还有了一个七岁的儿子。这既是刘家的全部希望，也是她八姨太的全部希望。而抗日军人虽然身居共产党资深要职，依然要钱没钱，要家没家，光杆司令一个，四海为家，脑袋系在裤腰上，为他的无产阶级理想奋斗着。你想，这时候的他们怎么可能走到一起来呢。

现在你明白我说我的故事走向没有你的激烈的原

因了吧，事实就是这样的无可奈何。抗日军人陪着八姨太及小少爷在湖上进行了一次长谈，那时候日本人的飞机三天两头来空袭，奇怪的是飞机从来不往西湖上扔炸弹，所以他们三个驾舟泛湖别人看了也没有什么好奇怪的。就是那次长谈之后，八姨太决定弃庄而走。虽然可以带走一些金银细软，但许多东西是根本带不走的，刘家的许多红木家具就被八姨太决定沉到湖里去了。

听到这里子虚忍不住插嘴说：说到刘庄的家具，我这次在那里住了几天倒也见过几件稀罕的。说实话我从前对红木家具是一窍不通的。只听说当年刘学询建好水竹居时，恰逢他广州荔枝湾的邻居富商潘仕成家破产，刘学询便买下了潘家“海山仙馆”的全部紫檀木、红木家具，全部运回了杭州水竹居。我这次见到了一张S型的靠背红木双人椅。这张椅子特别奇怪，虽然是两人可以并坐的，但椅背的方向相反。两人坐着谈话，面孔正好朝向对方，各靠一侧椅背，非常方便。听你那么说，这些东西当年都沉到西湖里去过吧。

悠悠也有些兴奋起来：正是，正是。这些椅子都是五十年之后重新从湖上捞起来的。捞椅子的那个时段，也就是八姨太和抗日军人再次重逢的时候。那时候的抗日军人已经成家立业，并且已经是我党我军的一个高级

干部了。我们就不妨称这个时候的他为高级干部吧。

高级干部并不是主动来找八姨太的，虽然他是最早一批进入杭州城的解放军。但中华人民共和国成立初期，工作忙得千头万绪，高级干部身边又离不开人，所以他根本没有单独活动的机会。再说这时的他已经成家，妻子也是一位老革命，妻子的字典里根本没有“姨太太”而且是“八姨太”这样的字眼，所以这一时期他们基本没有来往。从另一个角度说，这时的刘庄已经完全败落了，二十世纪四十年代末期，从地契上看，刘庄的宅地只剩下五亩四分二厘三毫。虽然它的园林依旧还是很大，但要养活维持下去已经非常困难。所以，刘庄也不属于共产党首先要革命的对象。相反，刘家人还是拥护革命的，这可以从刘家少爷的参军看出来。那一年，刘家小少爷已经十九岁了。

说到这里，悠悠突然沉默了，也许是说累了，她歪下身体，斜靠在子虚的身上，轻轻地说：我有些冷了。

子虚用双臂抱住她的上身，说：应该是下半夜了吧，要不然我们先回去，一会儿鸡真要叫了。

悠悠用手指捅了一下子虚的肋骨，笑了，说：你还以为我真怕鸡叫啊，我又不是周扒皮家的长工。

子虚也笑了：看样子你还真不是人类之外的，你连周扒皮都知道。

没你知道的多，悠悠闭着眼睛说，回去吧……以后的事情以后再说……

你不说我也猜个八九不离十……我说给你听，你看我讲的准不准。高级干部回到杭州城，报纸上就常常出现他的名字。刘家少爷早就知道他有个共产党的伯伯，这会儿进了杭州城，他激动得不得了。少爷在杭州的中学里读书，是进步青年。他回去跟母亲商量之后，就径直去了高级干部的工作所在地。他们的见面是怎么样的一种场景我就不在这里细说了，总之年轻人回来之后就跟变了一个人一样。他先是搬出了刘庄，要和剥削阶级的家庭一刀两断；此后不久，他就在高级干部的帮助之下报名参军，上朝鲜战场上去了。八姨太本来是希望通过儿子把情人拉回到身边，谁知情人没拉回来不说，连儿子也没了。从此之后，刘家小少爷一去不复返，再也没有回到那个西子湖边的最美丽的庄园……

悠悠摆摆手说：……你虽然说的大抵没错，但你把高级干部还是说得太无情无义了。实际上他和她还是有过一些接触的，虽然看上去都和感情无关了。一九四九年以后的几年八姨太的日子过得十分艰难，几年中她变卖了许多金银首饰来支付地价税。这么苦撑苦熬，也还是没有

能够保留下刘庄。我们不知道这段时间八姨太找过几次高级干部，但找过是肯定的。而建议八姨太把刘庄献给国家的主意，看来也应该是高级干部给八姨太出的。总之，到一九五三年，八姨太终于从刘庄搬出来了。同一年，高级干部从杭州调往北京，有人说他们在西湖上最后地泛过一次舟，不知道是传闻还是事实。但那块雷峰塔的佛像砖却正是在这个时候回到八姨太身边的，说起来这简直不可思议。第二次国共合作时，当年的特务头子和当年的青年军官在一次会议上相逢，为了表示共同抗日的诚意，特务头子把佛像砖又还给了砖的主人。又过了许多年，高级干部竟然一直把砖头带在身边，而且在他即将离开杭州之时，居然还能把这爱情的信物重新交到八姨太手里。你想想，那是什么年代……好了，我真不想再说了。你看，岸就要到了，再说我到底还是怕鸡叫的……我们再见面吧，我们肯定还会见面的……

子虚就听到耳边湖水一片哗啦哗啦地响，黑暗当中的湖面稠浓起来，表面上一层的光亮，他的心紧了，仿佛就要永诀。他紧紧地拉住她的袖子，说：别走……

悠悠叹了口气：你放心，八姨太的故事还没完呢，她甚至还没有出家……

子虚一惊：什么，这样的命运超出了我的想象，八姨太竟然出家了……

怎么，你以为我让他们在大慈庵里演出那场惊心动魄的经历是一种随心所欲的安排？人的每一个时空段，都可能是意味深长的。八姨太命里注定要到这个大慈庵里来度过她一生中最悲凉的晚年，不过这段时光虽然只有一个主题，那就是等待死亡，然而生的快乐也不是一点没有光临过她的身边。总之，八姨太离生命结束还有很长一段岁月呢……我会给你一个结局的，可是我现在累了，也没有心情再说了。我们在湖上待了半夜了吧，我们会见面的……再见……

和上次一样，子虚记不得他们是怎么样告别的，他感觉到那种被称之为消失的苍茫的心绪。

每一次告别都是消失，不同的只是，这一次悠悠是在湖面上消失的。

再次相逢几乎成了一种等待戈多式的折磨，时间之长大大超过了子虚的心理期待。原本以为第二天或者第三天就有可能约会的子虚，整整一个月之后依然不见悠悠的动静。这漫长的期待让知道这段风流逸事的人再次怀疑整个事件的真实性。师哥不止一次地打电话给子虚，张口就说：子虚，你的“乌有”出现了吗？这让子虚又绝望又恼火，他发现师哥的心情在整个过程中发生

了戏剧性的变化，他开始从一种惊愕不解发展到迷惑，然后再从迷惑发展成嫉妒。子虚相信，师哥越来越相信吴悠是确实存在的，他因为失去了这次极具神秘性的艳遇而深为遗憾，不得不以否定子虚的遭遇来平衡自己。

师姐和师哥不一样，她全部的细胞都调动起来，唯一要证实的就是悠悠的所有言论都是胡说八道，是谎言。在这段时间，师姐和师哥都很忙，师哥继续参与着关于雷峰塔的报道，那六十余件从雷峰塔出土的文物够他忙一阵的。而且他也和子虚一样，暗暗留心着那佛像砖的出土问题。佛像砖没有再次被人发现出土，师哥以此来打击子虚的激情，似乎只要佛像砖不再问世吴悠和子虚的故事就是子虚乌有的故事。师姐则把重心全部放在了刘庄主人的身世下落上。她本来就和子虚在一个学校，找起来就更加方便。第一次她是在校图书馆里给子虚打的电话，说她有十万火急的事情要告诉子虚，子虚赶到图书馆，师姐把一沓旧报纸放在阅览桌上，兴奋地说：子虚你看，我找到了刘学询的下落。

这是一九三五年的《浙江新闻》，其中有一条杭州老报人范迪民关于刘庄主人的报道：

……今年主人逝世，其哲嗣欲为之营卄，但市政府早经有令该地为风景区，乃禁卄区域，不准其入穴，刘家再三筹商，总以禁令所格。故刘问刍死欲同穴之愿望，终于而不可得也。

子虚茫然地问师姐：你告诉我这个干什么？

师姐听了很生气，然后郑重其事地告诉子虚，她所要做的一切，不过是要用事实治好子虚的妄想症。首先她得证明那吴悠嘴里的八姨太是确实不存在的，是虚假的，真正的八姨太和吴悠说的完全是两码事。而要证明那个真正的八姨太，则要先证明刘学询的存在。只有证明真正的刘学询和真正的八姨太，才能证明吴悠是虚幻的，是他冯子虚心造的幻影。

子虚听了她的义正辞严之后，诚恳地问她：就算这个吴悠是他冯子虚心造的，是幻影，那又怎么样，为什么她要狗拿耗子多管闲事？子虚认为自己已经很粗鲁了，但师姐只是更加怜悯地看着子虚说：子虚，你的妄想症是你师哥引起的啊，我们有责任催你清醒过来。子虚再次表示他不想清醒，他愿意生活在幻觉中。师姐干脆说：那不行，你快毕业了，师姐不能让你找不到饭吃。你现在的样子已经在校内外传为笑柄，我已经咨询

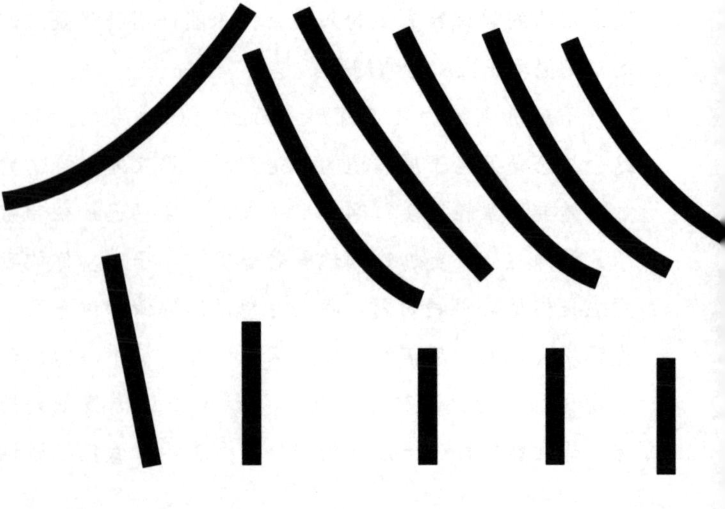

过大夫，你的情况要是不及时制止，会越来越严重的。

接着师姐就开始不停地给他讲刘学询，她说刘学询的葬礼当初是办得十分隆重的，西山路上素车白马，民国要人纷纷亮相，唐绍仪、汪精卫、黄绍竑都发了唁电。根据后来的情况看，刘学询还是被葬在了刘庄的大穴中了，直到一九五三年才被迁往了杭州北高峰。师姐遗憾地说她为此专门上了一趟北高峰，想找一找刘学询的墓，但一无所有。子虚看着她一本正经的面容，不明白一个死去的刘学询为什么会引起她那么大的兴趣。在他看来，她根本不是为了医治他的妄想症，而是为了满足自己的考据癖，才把他弄到图书馆里来的。师姐最后不无困惑地说，她到现在也没弄明白，刘学询一九三五年是怎么样又葬进古圹的。因为当时的杭州市市长周象贤乃留美博士，下令西湖风景区禁葬，应该说是很严格的。

子虚终于忍不住问：你挖棺材板真有那么大的兴趣吗？

师姐回答：你说什么呀，我全靠刘庄做博士论文呢。我只要能够全部证明你的八姨太是一个子虚乌有的八姨太，我就成功了。

师姐下一次行动，是把子虚再一次拖到了刘庄。这一次是大白天，师姐说是她一定要让子虚全部认识一下刘庄，了解刘庄建园的全部过程，他就会从梦中醒来，积极投入现实生活。无论子虚怎么解释他的历史观刘庄观都没用，师姐死拖活拖把子虚拖到了刘庄。她从一九〇五年完工的水竹居开始说起，安乐斋，梦香阁，半隐庐，延秋水榭，耦耕草堂，湖山春晓阁，松岛长春屋，还有刘学询的书房望山楼。从前的迎宾楼旧址，现在是毛泽东下榻处、西湖国宾馆一号楼。师姐津津有味地再一次背出了旧楼中堂清末大书法家陈谲的对联：故乡亦有西湖，一半勾留，行窝且傍蕉屏石；旧宅尚留南海，三千里路，别梦因寻荔枝湾。

子虚不想夸师姐都做不到，他只好表扬她记忆惊人。师姐很得意，但故作谦虚状，师姐说她也就对迎宾楼印象最深，因为迎宾楼左边就是刘氏家祠。然后师姐就连比带划地跑到一号楼左边绘声绘色地说了起来——她说刘家家祠乃一庙宇，门前设有一两米多高的铁香炉，家祠内有两支一人多高的红珊瑚。家祠的后面就是墓地。墓地共设十穴，居中两座大坟高约两米。左右又各自有四个生圹，那是刘学询为他的那八个小妾准备着的。

师姐站在早已平掉的墓地前，那是一弯月牙形的池

塘，师姐说这就是月华池，月华池前是祭坛，还设有石供桌呢。师姐突然说：还不知道那八个小坟中哪一个是为八姨太准备着的呢。在明亮的春阳里，子虚突然打了一个寒噤，一些断句明明灭灭地跳了出来……草如茵，松如盖，风为裳，水为玑，油壁车，久相待，冷翠烛，劳光彩……西陵下，风吹雨……

师姐仿佛看出了子虚的心思：无须紧张，八姨太根本不可能葬在这里。她生于广东，嫁在上海，死在杭州直骨牌弄，葬在南山，刘庄早就跟她没有关系了。

子虚想，师姐的八姨太与悠悠的八姨太尽管南辕北辙，但有几点是相同的，都是八姨太，都嫁给了刘学询，都死在直骨牌弄。他到底还是希望能够找到一些虚构与真实之间的重叠。他问：那么说，范媛英在尼姑庵出家还是真的？

师姐不屑地撇了撇嘴：没有那么浪漫。我一开始就告诉过你，范媛英是丫鬟出身，她从刘庄搬出后就当了保姆，她的人生就是那么一个圆。还有，你也别跟我说她死得有多不同凡响。不错，她是自杀过——

悠悠没跟我说她是自杀的——子虚声明——但师姐果断地把子虚的声明拦腰截断：——她下一次就该说八姨太是自杀了。你等着吧，她下一次必定那么说。但是我可以明明白白地告诉你，她不是自杀身亡的，虽然她自杀过一次……

子虚真的非常吃惊：你说什么，你说她自杀……

我说她自杀过，那已经是在“文革”初期了。她中风，半身不遂，全靠邻居接济生活。有一次她想投井自杀，但没有死成，被人救下来了。实事求是地说，范嫒英这个人是不错的，倒没有多少姨太太味道。她从刘庄搬出来后先是住在南山路广福里，房主姓李，是个广东人。她一开始就靠织毛衣过活，月薪十六元，后来她搬到直骨牌弄24号大慈庵。这里一直就住着一群广东尼姑，这个庵从前是刘庄的家庵。家庵你知道吗，就是《红楼梦》里的“水月庵”，妙玉住的地方。不过我可以告诉你，范嫒英可不是作为尼姑才搬进去的。她搬进去的时候庵里杂人还不是很多，所以她还占了一间很大很好的房间。不过她死的时候可以说是身无分文了。全部家当变卖了也只有二百多块钱，正好够她办丧事。

子虚说：我记得她是有一个儿子的，朝鲜战场上参了军。他不可能一点也不管他的母亲吧？

你说什么呀，刘学询倒是有两个儿子。大儿子抗日战争期间就死了，这个儿子也不是八姨太生的。八姨太生的那一个，杭州二中毕业后参加的革命，以后就没和

她母亲有过任何来往，那时候谁还愿意和剥削阶级有什么关系啊。再说他部队转业后支持内地建设去了青海柴达木盆地，一九五七年被打成“右派”，又被发回老家广东去了。他自己都顾不过来，哪还顾得上他妈。

子虚还抱着最后一丝希望：这个刘启信不至于没有成家吧？

师姐沿着月牙池边走边想，说：倒是听说，“文革”前有一个年轻女人去看过她。她还跟邻居说，这个女人就是她的儿媳妇，姓国。你说这个姓多怪啊，国家的国。她跟别人说，她儿媳妇是从孤儿院里出来的，孤儿院的孩子全姓国。后来“文革”，一切都断了。这个范嫒英，也就这样默默无闻地死掉了，没有一个亲人旧朋来为她送葬的。

子虚站住了，沉默了很久，才重复了一句：就这样默默无闻地死掉了。

是的，就这样默默无闻地死掉了。师姐在再一次的强调中，把那本罗以民的《百年刘庄》递给他，说：其实我早就应该把这本书给你看了，我就是怕你接受不了现实。你那个悠悠嘴里的刘庄逸事，和这本书里写的太风马牛不相及了。

子虚接过书，勉强地笑笑，说：其实我知道。话音未落，他就接到了师哥打来的电话，师哥在手机中说，雷峰塔文物展将在四月二十八日举办。在此之前，让记者先睹为快，今天他就被准许前往浙江博物馆探营。在那里，他看到了吴悠嘴里的那块佛像砖图片。他问子虚有没有兴趣看看。子虚没有回答。师哥在电话那头突然开了一句玩笑：说不定你那个失踪多日的吴悠又会在这时候冒出来呢。

子虚一个激灵，突然推了师姐一把，喝道：走！

雷峰塔文物展被安排在浙江博物馆西湖美术馆的二楼展区，有关方面将在这里给雷峰塔地宫文物来一次大特写——其中包括新鲜出土的六十余件文物和有关雷峰塔的现有文献、书画和以往出土的文物资料。师哥就是在这里看到衢州博物馆收藏的那块佛像砖图片资料的。

子虚在二楼展区细细地浏览了一遍，一进门他就看见了那只铁舍利函，它就放在显眼的二楼展厅入口处，也不加外罩，就让观众敞开着看。中立柜放在展区最好的地段，里面置放的自然非金涂塔莫属。地宫出土的玉器，包括铁函内的玉观音和那独立的玉供养人，都在立柜中置放着。子虚在那尊玉供养人面前站了一会儿，玉供养人衣袂翩翩，栩栩如生，还带着水波纹饰的插座，子虚想起了悠悠。他别过头，仿佛是因为避免想她，走开了。

“历史上的雷峰塔”这一块布展内容，子虚实际上是熟悉的，其中有南宋时画家李嵩《西湖图》中的雷峰塔，还有雷峰塔将倒未倒前的图片，从图中看，当时的雷峰塔只有五层。雷峰塔倒后的废墟遗址是地宫发掘前拍摄的，图片下却附了一首徐志摩当年写的诗：……再没有雷峰/雷峰从此掩埋在人的记忆中／像曾经的梦境／曾经的爱宠／像曾经的梦境／曾经的爱宠／再没有雷峰／雷峰从此掩埋在人的记忆中

这一步三回头的一唱三叹的二十世纪二十年代的咏哦，让子虚心惊得骤然绞痛起来，他赶紧走出了博物馆，甚至连本来最应该关注的佛像砖的图片也没有看。

手里茫然拿着那本《刘庄百年》，他徒然地在西湖边走着，找到一处木椅，他坐了下来。脚下是湖，对面就是三潭印月，他不知道该做什么，顺手翻起手中书，恰巧翻到“康有为‘猖狂’进刘庄”这章。子虚对刘庄以往并无大了解，此时才知道，刘庄建成之后不久就因刘学询生意破产而被拍卖。因标价过高，十数年中无人问津，以至民国之后仍被查封，因此被刘学询的死对头康有为占住多日。一九一六年夏，康有为来杭，被浙江要人安置在刘庄。康有为兴奋之余，立刻派人到杭州姚园寺巷请来他的大恩人徐致靖。这徐致靖乃康梁变法中

清廷镇压名单上的第一人，被判为“斩立决”，只因其父曾有恩于李鸿章，又唱得一口好昆曲，被慈禧免了一死，判为“绞监候”，相当于死缓。没过多久八国联军打进北京城，刑部大狱一片混乱，守卒逃之夭夭，均作鸟兽散。狱官让徐致靖快走，他却说：我乃大清臣子，在危难中也要坚守大清法度，我得坚持服刑。最后被那狱官追着骂着才悻悻然离开大狱，庚子之后定居杭州。这一次康有为请他进刘庄，他高高兴兴地在刘庄住了一个多月。一个月夜，他与康泛舟湖上，至三潭印月，康有为兴之所至，想起晋朝王粲好驴鸣，不由得于舟中站立，面对茫茫夜色，一声长啸……徐致靖感极而悲，曰：此乃念天地之悠悠，独怆然而涕下也……

子虚读到这里，就觉眼前红光一亮，抬起头来，远望南山。他吃惊地一下子跳了起来，仿佛梦游一般，他看到了雷峰夕照——颓然如醉翁的古塔将倾未倾，怡然自得地歪在西湖的早春斜阳中。它的背后一片淡红的天空，衬出了它黝黑的轮廓，一株老树从塔顶伸出，几点寒鸦盘旋其上……子虚一眨眼……消失了。

不知道在湖边呆坐了多久，子虚跳上了从灵隐到城站的七路车。他已经许多年没有去过城站了，自己也不知道自己上车后到底要到哪里去。他的第一个意识，只是想

把从现在开始到夜晚睡觉前的那段时光消磨掉。到终点站后他磨磨蹭蹭地下了车，又随着人流走了一段路，发现城站已经完全和他从前看到的不一样了。老区几乎已经被拆平，他随便地就问了路边一家小店大妈一句：这是什么地方。就听那大妈说：直骨牌弄。子虚听到这里，眼前仿佛一下子昏黄了，暮色刹那间降临了杭州。他声音发飘地问：直骨牌弄24号在哪里？那大妈奇怪地看了看他，说：亏了你问我这样的老人，你不会是说的大慈庵吧，拆掉了。子虚说他知道已经拆掉了，他就是想知道遗址在哪里。大妈指指前方不远处：喏，就在前面。子虚走了几步，又停了下来问：大妈，那口井还在吗？

大妈笑了：小伙子你记性真是好，连那口井也记得。我也不知道它还在不在，前些日子井是在的，你问井干什么？房子都没有了，井有什么用？

子虚就朝前方走去。暮色越来越浓了，哪怕一座都市的繁华的霓虹灯也罩不住那样的暮色，那是一种只有废墟才会有的浓郁的泛着银光的黑灰色。子虚向它走去的时候，痛苦而又甜蜜地感受到那种一去不复返的几乎要致命的惆怅……

他看见了高楼大厦间的那个小小的近乎于无的“句号”，他在那口井旁看到了她。当他的目光接触到她的瞬间，夜来临了。他松了口气，仿佛他看到她时如果夜不来临才是不可思议的，仿佛只有夜来临时她的出现才确证了另一个世界的存在，仿佛只有夜的来临才能使他突然明白了他为什么会茫然而又准确地来到这里……

他问她的凄楚而又虚幻的剪影：你是谁？是西陵下苏小小，是雷峰塔白娘子，还是刘庄八姨太，还是其他一切在湖上飘荡的孤苦无依的芳魂？你为什么要在一座古塔的废墟突然被人重新关注的时候迷惑我？雷峰塔和刘庄真的像你叙述的那样唇齿相依吗？你一再讲述的那块佛像砖究竟象征着什么？象征着废墟吗？它在哪里，我是说，在你的故事里，它应该会是在哪里……

他发现在高楼大厦的阴影与灯火中，她的目光和容颜肃穆而又庄严，以往的娇嗔艳丽和诡谲一扫而空，她变成一个抽象的女人，一切的爱情的对象。在黑暗中，她指着井口说：难道它不应该就在这里吗？这废墟的象征难道不应该随着那废墟的女人一起消亡吗？关于刘庄的故事难道不是应该让这口井来画上句号吗？在我的叙述中，女人死于一九六六年的夏天难道不是最符合命运的安排了吗？在那一年她贫病交加，而她的独生儿子作为“右派”正被批斗得生死未卜。而在这时候，她得知了她青年时代的情人、那离京前郑重其事把佛像砖再赠

于她的高级干部在北京自尽了。难道她投井自杀不是最合理的结局吗？难道她自杀时不应该怀揣着那块佛像砖吗？她死了，肉身被葬在了南山，灵魂出没在湖上，而佛像砖永远地沉没在井底——难道这有什么疑义的吗？

至于我是谁？是苏小小，是白娘子，是八姨太……是人，是鬼，是精魂……难道真有那么重要吗？我是一个女人，我爱你……我爱你们……我爱像你们那样对消失的往事与人怀着一腔缱绻的男人……难道我不应该爱吗……

她说完这番话，笑了，仿佛回到人间红尘。子虚甚至看到她穿着一身牛仔服，甚至看到她背上的鼓鼓的行囊……每一次告别都是一次永诀……子虚痛楚地想，但他微笑地说：你要走了吗？我可以送送你吗？

她摇摇手，仿佛召唤又仿佛谢绝，她说：你不是一直在送我吗？你让我想起杭州当年的湖畔诗社，想起青年汪静之的诗：一步一回头，望着我的意中人……西湖真是一个最美的所在啊……再见了……

在黑暗中他就看见她走过了他的身边，挨得很近，同时又飘忽得很远，但最终还是近了，轻轻地吻着了他的颊，并且一只手松松地插入了他的长发，停留了片刻……香薰护发……

痛楚的感觉奇异地平复下去了，子虚低下头去看看身边的那口井，那口也许埋没着废墟往事的井，现在自己也成了废墟……

然后，子虚感觉到她走过去了，子虚甚至听到了她的脚步声，但感觉中她是飘走的，她的背影亦真亦幻，像T型台上那些女模特儿的台步。他亲眼看见她隐隐约约地远去，融进了火车站亮丽的灯火下那熙熙攘攘的离人中。他的耳边响起了轻轻的喘息声，他知道，这正是那座著名的古塔倒塌的声音……这个世界是这样倒塌的，不是轰隆一响，而是唏嘘一声……

然后，他感觉自己像是因为长叹一声之后那样，吐出了胸中的郁闷之气。他的眼前亮了起来，随意地往报亭上一眇，就看到了今天的晚报，上面端正地登了一张大照片，是正在修建中的雷峰塔。脚手架是那么真实，还有那些在夜幕中发亮的焊光。子虚想，不管怎么说，雷峰塔正在被重建，这是一个现实；而我是在重建的现实中遭遇这亦真亦幻的，这也是一个现实；最重要的，是我有了爱的亲历，这不是一个现实中的现实……这个世界难道不也是可以这样建立起来的吗，不是轰隆一响，而是唏嘘一声……

图书在版编目（CIP）数据

西湖十景.雷峰夕照 / 王旭烽著. -- 南京：江苏凤凰文艺出版社，2018.9

ISBN 978-7-5594-2251-4

Ⅰ.①西… Ⅱ.①王… Ⅲ.①中篇小说－中国－当代 Ⅳ.①I247.5

中国版本图书馆CIP数据核字(2018)第118231号

书　　名　西湖十景.雷峰夕照

作　　者　王旭烽
策　　划　袁　敏
责任编辑　姚　丽
书籍设计　周伟伟
出版发行　江苏凤凰文艺出版社
出版社地址　南京市中央路165号，邮编：210009
出版社网址　http://www.jswenyi.com
印　　刷　上海雅昌艺术印刷有限公司
开　　本　787×1092毫米　1/32
印　　张　5.5
字　　数　85千字
版　　次　2018年9月第1版　2018年9月第1次印刷
标准书号　ISBN 978-7-5594-2251-4
定　　价　39.80元